KB075733

이 책이

당신의 안전과 안정을 위해 쓰이길.

-리더인-

초보 운전, 서툴지만 나아지고 있어

(초보 운전자의 혼돈 속 성장기)

초보 운전, 서툴지만 나아지고 있어 (초보 운전자의 혼돈 속 성장기)

종이책 발행 | 2023년 06월 20일
지은이 | 리더인 (Leader in)
펴낸곳 | 스토리위너컴퍼니
가　격 | 15,000원
홈페이지 | http://mystorywinner.com/
출판등록 | 2020-000046호
저자에게 문의 | 인스타그램 @ leedain_leader_in
ISBN | 979-11-91969-20-7

초보운전,

서툴지만

나아지고 있어

초보 운전자의 혼돈 속 성장기

리더인 Leader in 지음

목 차

프롤로그

초보 운전, 서툴지만 나아지고 있어

그날, 저는 인생에서 가장 위험한 선택을 했을지도 모른다는 생각이 들었습니다.

운전을 시작한 후 매 순간이 위험의 연속이었습니다. 처음으로 운전을 했을 때 핸들은 땀에 젖은 손으로 꽉 잡았고 심장은 빠르게 뛰었습니다. 앞길에 집중하려고 했지만, 마음은 계속해서 운전하다 잘못될 수 있는 모든 상황을 상상하며 뒷걸음질 쳤습니다. 나 자신이 실제로 운전하고 있다니 믿을 수가 없었습니다. 제발 바보짓을 하지 않기만을 바랄 뿐이었죠.

초보 운전자에게는 운전하면서 어색하고 불안한 순간들이 많을 수 있습니다. 하지만 그런 순간들이 모여 하나의 추억으로 남아, 나중에 돌아보면 다시 웃음으로 바뀌기도 해요.

저는 초보 운전자로서 당황하는 순간들을 많이 겪었고, 이러한 경험을 토대로 초보 운전 에세이를 쓰게 되었습니다. 이 책은 모든 초보 운전자들이 공감할 수 있는 이야기들로 가득합니다.

운전을 처음 시작했을 때의 어색함, 차선 변경을 하기 전의 긴장감, 주행 방향을 잃어버린 적 등의 상황들을 경험한 적이 있을 거예요. 처음에는 부담스러웠던 차선 변경도 능숙하게 하려고 노력하다 보면 자연스럽게 이루어지고, 교차로에서의 운전도 천천히 하다 보면 조금 더 자신감 있게 하게 됩니다.

저는 운전할 때 머리에 바람이 불고 얼굴에 햇빛이 드는 느낌을 참 좋아합니다. 하지만 무엇보다도, 운전이 주는 자유로움을 사랑합니다. 내가 어디를 가든 무엇을 하든, 운전대를 잡을 때면 항상 내 삶을 통제할 수 있는 것처럼 느껴지곤 하거든요.

누구에게나 운전하는 것이 두렵고 힘들 때가 있습니다. 세상에서 유일하게 운전할 수 없는 사람이라고 느낄 때도 있어요. 하지만 절 믿으세요. 당신은 혼자가 아니에요. 제가 그랬던 것처럼 당신은 더 나아질 수 있습니다.

시작하기 전, 나의 이야기
: 세 번의 도전과 실패

운전은 삶을 즐기는 하나의 방법이지만, 부주의한 운전은 삶을 끝내는 하나의 방법이 될 수도 있습니다.

처음 운전을 시작한 날, 정말 막막했어요. 운전면허증을 취득하면 운전을 마스터하는 거라 생각했던 것과 달리, 운전면허증을 취득하고 처음 도로에 나갔을 때 뭘 해야 할지 아무것도 떠오르지 않았죠. 도로에서의 상황은 학원에서 특정한 상황에서의 대처 방안을 배운 것과 달리 그때그때 즉흥적인 상황이 펼쳐지기 십상이었고, 매번 새로운 장애물들이 등장했어요.

운전면허증을 취득한 이후 이제 운전을 잘할 수 있을 거로 생각한 예상과 달리 너무 다른 도로 상황 때문에 매번 경적과 꾸중을 듣는 것이 일상이었고, 그럴 때마다 제 자존감은 점점 내려갔습니다. '굳이 지금 당장 운전해야 하는 상황이 아닌데 왜 운전을 배워야 하지?' 하는 생각이 들었고, 최대한 미루고 싶어서 잠시 운전을 미뤘습니다. 사실 포기했다는 게 적절한 표현이겠죠. 그렇게 2년이 흘렀고, 제 면허증은 소위 '장롱면허'가 되었습니다.

그 이후 친구를 만나 약속 장소로 함께 이동하게 되었어요. 친구의 차를 타려던 때에, 친구가 물건을 깜빡하고 집에 놓고 와 다시 집에 갔다 와야 했습니다. 때는 겨울이었고 밖에서 추위와 함께 친구를 기다려야 하는 저를 위해 친구는 차 키를 주며 "차 시동을 켠 후 히터 틀고

따뜻하게 있어. 금방 올게. 차에서 잠시 기다려"라고 말했습니다. 제가 운전면허증이 있다는 것을 알고 있었기 때문에 가능했던 배려였죠.

하지만, 차 키를 받고 혼자 남겨진 저는 시동을 켤 수가 없었습니다. 액셀과 브레이크의 위치가 심히 고민되었기 때문이죠. 어느 쪽이 액셀이고, 어느 쪽이 브레이크인지 기억이 나지 않았습니다. 전화해서 물어보기는 너무 창피해서 인터넷으로 액셀과 브레이크의 위치를 검색하기로 마음먹었어요.

한참을 검색하고 있을 때, 친구가 돌아왔고 아직도 차의 시동을 켜지 않은 저를 의아하게 쳐다보았습니다. 그때 솔직하게 액셀과 브레이크의 위치가 기억이 나지 않았다고 대답하였고 친구는 운전면허증이 있는데 그 정도는 너무 심각한 거 아니냐며 놀라움을 금치 못했어요. 그 일을 계기로 이대로는 안 되겠다 싶어 다시 운전을 시작했습니다. 운전에 대한 두 번째 시도였어요.

마음을 다잡고 이번에는 정말 운전을 마스터하리라 다짐했어요. 몇 번의 무리 없는 주행을 완료했습니다. 하지만 운이 좋아서 문제가 없었던 거였을까요. 한번은 제 차에 지인을 태우고 함께 이동 중이었는데 제가 신호를 보지 못한 채 그대로 직진했습니다.

엄밀히 말하자면 '신호위반'이었죠. 다행히 지나가는 차들도, 사람도 없었기 때문에 아무 일도 없었지만, 지인은 저를 따끔하게 혼냈습니다.

운전 중에 제일 기본이 신호인데 신호도 못 보는 사람이 운전하냐며 눈물 콧물 다 빼놓도록 무섭게 혼내셨죠. 그리고 이어서 사고의 위험성에 관해 설명해 주셨어요. 저는 다양한 사고의 사례와 영상, 사진들을 보게 되었고 운전이 정말 한순간의 실수로 엄청난 사태를 초래할 수 있다는 것을 한 번 더 깨닫게 되었습니다.

나 자신의 미흡함으로 인해 다른 사람들을 위험에 빠트릴 수도 있다는 사실에 운전이 너무나도 두려워졌습니다. 실수를 마주할 때마다 점점 작아지고 초라해지고 나중에는 저 자신에게 화도 났으니까요. '왜 이런 간단한 조작도 나에겐 어려운 것일까?' 하면서 '나는 정말 운전하면 안 되는 사람이구나.'라는 결론까지 가게 되었습니다. 그렇게 두 번째 시도는 실패로 돌아갔습니다.

곧 운전에 익숙해지겠지,라는 기대감은 실망감과 자책감으로 제게 돌아왔습니다. 여기까지의 이야기를 보면 제 이미지가 조금 상상이 되실 거예요. 하지만 믿기 힘들게도, 사실 저는 도전하는 것을 매우 좋아합니다. 한계를 깰 때마다 새롭게 성장하는 저 자신을 느낄 수 있거든요. 저는 제가 목표하는 바를 정하면 구체적으로 계획을 세워 반드시 이룹니다. 상황이 여의치 않으면 계획을 조금 수정하는 한이 있더라도 반드시 목표한 바를 달성하는 성격이에요.

저는 직장 생활을 하면서 목표로 삼았던 7개의 자격증을 3년에 걸쳐 취득했습니다. 일과 학업을 동시에 병행하는 것은 어렵지만 저에게 포기란 있을 수 없었습니다. '열정, 끈기, 노력' 제가 가장 좋아하는 단어예요. 일례로 제 취미 중 하나는 마라톤입니다. 숨이 턱끝까지 차올라 죽을 둥 살 둥 할 때도 정신력으로 끈기 있게 마라톤을 완주하고 나면 그 쾌감은 가히 말로 표현할 수가 없습니다. 이런 제가 운전을 두 번이나 포기했으니 얼마나 마음이 속상했을지 상상할 수 있겠죠?

정말 '운전'은 제 자존감에 큰 스크래치를 냈습니다. 운전하다가 포기한 건, 여태까지 살아온 삶과 모순된 결정이었어요. 그래서 '운전'이라는 단어는 쳐다보기도 싫어졌습니다. 운전이란 단어를 마주할 때마다 마음 한쪽이 마치 형사가 미제 사건을 바라보듯이 찝찝했어요. 그렇게 또 2년이 흘렀어요.

저는 퇴근 후 학원에 다니게 되었고 회사에서 학원까지의 거리는 차로 25분, 대중교통으로 1시간 30분 가량이었습니다. 퇴근은 6시, 수업 시작은 7시 30분이었기 때문에 6시 칼퇴근을 할 수 있는 날에는 부지런히 뛰어서 버스를 타고 이동을 했고, 시간이 너무 촉박할 때는 매번 택시를 타고 이동했습니다. 9시부터 6시까지 근무, 학원 수업 3시간, 대중교통으로 왕복 3시간, 도보까지 합치면 3시간 30분. 부담스러운 일정이지만 운전을 시작할 생각은 전혀 하지 않았어요.

그렇게 1년을 대중교통과 택시로 버틴 후에야 생각이 변화되었습니다. 1년 동안 지출한 택시비가 200만 원을 넘어섰다는 사실과 1년 동안의 가혹한 일정으로 수면 부족에 주름이 5개가 늘어났다는 사실. 이

이유들 때문에 저는 또다시 운전을 시작해보자 마음먹었습니다. 운전을 시작하면 하루에 두세 시간을 아낄 수 있기 때문이었어요.

이번에는 조금 더 체계적으로 시작해봐야겠다고 생각했고 당장 운전을 시작하기 너무 겁이 나 운전 시뮬레이션 학원에 등록했습니다. 운전을 배우는 학원은 맞지만 다른 점이 있다면 가상의 시뮬레이션 화면을 보고 운전하는 것이었어요. 따라서 사고가 나더라도 저는 다치지 않으며, 다른 사람에게 피해도 주지 않는다는 장점이 있습니다.

단점이라면 아무래도 현실과는 좀 다를 수밖에 없다는 것이죠. 운전은 실전이니까요. 하지만 운전만큼은 겁쟁이인 저에겐 정말 만족스러운 선택이었어요. 한 달을 시뮬레이션으로 연수받고, 그 이후에는 전문 강사에게 도로 연수를 무려 30시간을 받았습니다. 이제 정말 준비가 되었다고 생각했고 운전을 다시 시작했습니다.

세 번째 도전이었습니다. 여전히 떨리는 도로지만 언젠가 익숙해질 거라 믿었어요. 자신감이 조금 붙으려던 참이었어요. 친구를 태우고 이동 중이었고 우리는 친구 모임에 가는 길이었어요. 아직 모든 것이 서툴렀던 탓일까요. 급커브 길을 돌다가 차를 중앙 분리대에 박을 뻔했습니다. 아찔했던 순간이었고 저와 친구 모두 놀랐습니다. 놀란 마음을 달래며 모임에 도착했고, 도착하고 나서 친구는 그 모임에 있는 친구들에게 저의 운전 미숙과 실수에 관해서 얘기했습니다. 가볍게 농담 삼아 한 얘기였어요.

그러나 운전에 대한 큰 스트레스가 있는 저에게는 여러 사람에게 나의 치부가 알려진 것 같아 더욱 자신감이 내려가는 계기가 되었고 운전만 하지 않는다면 이런 마음고생을 하지 않아도 될 거라 생각하며 눈물을 뚝뚝 흘렸습니다. '다시는 운전 안 하면 되잖아!'라며 친구와 다툰 뒤 집으로 돌아왔고 그렇게 세 번째 시도도 물거품이 되었습니다.

운전과는 전생에 악연이었을까요? 아니면 정말 죽었다 깨어나도 절대 운전할 수 없는 사람이 존재하는 걸까요? 답답한 마음만을 남긴 채 결국 해결하지 못하고 저는 영원히(?) 핸들을 놓아버렸습니다. 그렇게 평화로운 나날이 이어졌고 앞으로는 운전 때문에 마음고생 할 일은 제 인생에 없을 거라 생각했어요. 또 2년이란 시간이 흘렀습니다.

저는 경기도에 소재한 바이오 회사에 다니고 있습니다. 보통 회사의 이전 계획은 장기간에 걸쳐, 아니면 최소 1년 전에 예정되기 마련인데 예상치 못한 계약상의 이유로 갑작스레 제가 다니는 회사가 4개월 안에 이전을 가야 하는 상황이 되었지 뭐예요. 회사는 비상 상황이었죠. 그러나 운이 좋게도 적절한 장소를 찾아 회사는 이전할 건물을 계약했습니다.

이전할 지역은 비록 같은 경기도권이었지만 관할지가 다른 곳이었어요. 전 직원은 이전 준비로 분주했고, 이제 회사 이전 일까지 한 달 남짓 남았습니다. 집에서 이전할 회사의 주소지까지는 22km밖에 되지 않지만, 상시 교통 혼잡 구역이기 때문에 차로 편도 1시간 대중교통으로는 꼬박 편도 2시간이 걸리더라구요. 왕복 4시간의 대중교통 이동을 버틸 수 있을까? 하는 고민이 있었지만, 회사가 이전 때문에 한참 힘들 때라, 힘들 때 함께 하는 것이 도리라 생각했어요. 하지만 생각지 못한 더 큰 문제가 저를 기다리고 있었습니다.

어느 날 상사께서 저를 부르시더니 출퇴근 차량을 지원해 줄 테니 운전하라고 말씀하셨어요. 차는 이미 계약을 마쳤고, 한 달 뒤 출고 예정이라는 얘기와 함께요. 회사에서 꽤 신임을 받고 있던 터라 사실 운전 못 한다고 솔직하게 말하기가 망설여졌습니다. 책임감 있고 일 잘하는 이미지에 타격을 주고 싶지 않았어요. 그래서 하지도 못하는 운전을 할 수 있다고 말해버렸지 뭐예요. 그날부터 집이나 회사에서, 또 다른 어디에 있든지 항상 제 마음은 초조하고 불안하고 그저 죽을 날을 받아놓은 사람처럼 시들어가고 있었어요.

이젠 선택해야 했어요. 1. 회사를 그만둔다. 2. 운전을 또 시작한다. 1번을 선택하고 싶었지만, 책임감 없이 도망치고 싶진 않았습니다. 또, 먹고살아야 할 이유도 있었어요. 생존의 문제였다 할까요. 이제는 선택의 여지가 없이 무조건 운전해야 하는 상황이 되었습니다.

초반에는 운전대만 잡으면 손이 덜덜 떨리고 너무 긴장하여 온몸에 근육통이 생기곤 했어요. 운전하면서 악몽도 꾸고, 스트레스에 삶이 다 끝난 것처럼 우울했어요. 하지만 두려움과 마주하며 매일 연습하고 나 자신에게 도전함으로써, 이제는 운전이 재미있어지고 운전이 주는 혜택을 누릴 수 있게 되었습니다.

그 당시에 저에게 정서적인 안정과 위로를 준 것은 바로 저와 같은 초보 운전자들의 경험담이었어요. 자존감이 바닥으로 내려가려던 그때, 저처럼 운전 때문에 마음고생하고, 긴장하고, 실수하는 사람들의 경험담을 들으니 '아! 나 같은 사람이 많이 있구나', '아! 나만 그런 게 아니었어!' 하고 위로가 되더라구요. 운전하는 시간보다 다른 사람의 경험담을 듣는 시간이 더 많았던 것 같아요. 하루 중에 가장 행복한 시간이었죠. 도로 위에서 받은 긴장감을 다른 사람들의 실수 경험담을 들으면서 따뜻하게 녹이고 다시 마음 다잡고 내일을 맞이할 용기를 얻었습니다.

운전은 시작하면 처음부터 성공하는 것이 아니라 실패와 고통도 겪습니다. 많은 초보 운전자들에게 제 에피소드들을 공유함으로써 운전의 어려움을 공감하며 위로하는 긍정적인 메시지를 드리고 싶습니다. 초보 운전자들은 운전에 대한 경험이 부족하므로, 운전에 익숙하지 않고 불안과 두려움을 느낄 수 있어요. 실제로 운전을 시작하면 많은 것들이 생소하게 느껴지며 위축되고 자신감을 잃기 쉽습니다. 바로 저처럼 말이죠.

지금도 어딘가에서 긴장하고 불안해하며 운전을 시작하고 있을 초보 운전자들에게 조금이나마 공감과 위로, 그리고 도움을 전하고 싶습니다. 누구에게나 초보 운전 시절은 존재합니다. 만약 당신이 아직도 미숙하다고 느낀다면 다음 저의 에피소드를 읽어 보길 바랍니다. 아마 조금이

나마 위안이 될 거예요.

Part 1.

첫 운전,

오늘 안에 집에 가자

 **첫걸음**

"처음으로 거슬러 올라가, 운전면허 도로 주행 시험을 보던 때로 시작하려 합니다. 시작부터 순탄치는 않았습니다. 긴장했던 탓일까요? 도로 주행 시험 중에 생각지 못한 일을 마주하게 되었습니다.

누구에게나 '처음'은 있습니다. 성공하든 실패하든, 새로운 경험을 통해 배우고 성장할 기회입니다. 불안과 두려움이 있을 수 있지만, 성장을 위한 필수적인 과정입니다. 새로운 것을 시도하면, 우리는 더 나은 방향으로 나아갈 기회를 얻을 수 있으니까요."

아리 : 안, 브, 시, 사, 기, 출

아리 : 안, 브, 시, 사, 기, 출….

자정 12시. 아직 잠들지 못한 한 여성은 침대에 누운 채 허공에 손가락을 휘휘 젓는다. 입술은 빠르게 무언가를 뱉어내고 있다. 눈은 살짝 가늘어지고 눈빛은 흐리다. 그녀의 정신은 다른 어느 곳에 있는 것처럼 보인다.

모두가 잠든 밤. 아주 잠깐 아무 말도 하지 않는다. 허공에 움직이던 손가락도 멈췄다. 그녀는 무언가를 곰곰이 상상하는 듯하다. 그것도 잠시. 다시 입술이 빠르게 움직인다. 요상한 주문이 또다시 들린다.

아리 : 안…. 브…. 시…. 으악!

고요한 침묵을 깨는 비명과 함께 자리에서 벌떡 일어난다. 눈동자는 커지고, 뭔가 뜻대로 잘 안 풀리는 듯, 불만 있는 숨소리는 가빠진다. 머리에 무거운 돌덩이가 하나가 있는 기분이다.

아리 : 아! 이게 왜 안 되느냐고…. 아으 내일인데 망했다.

그녀는 다시 깊게 심호흡한다.

아리 : **안**전띠를 멘다. **브**레이크를 밟는다. **시**동을 켠다. **사**이드 브레이크를 해제한다. **기**어를 드라이브로 바꾼다. **출**발한다.

아리 : 그래~! 이거지. 다시 한번!!

통쾌한 표정을 지으며 그녀는 다시 한번 주문을 외워본다.

아리 : 안전띠, 브레이크, 시동, 사이드 브레이크, 기어, 출발

아리 : 안, 브, 시, 사, 기, 출!

다시 요상한 주문이 들린다.

사실 이 이상한 행동의 실체는 도로 주행을 위한 순서 암기 방법이다. 그녀는 그것을 외우는 중이다. 내일 있을 시험에 합격하기 위해 필사적으로 순서를 외우고 있다. 밤은 더욱 깊어졌고 요상한 주문은 점점 작아지더니 더는 들리지 않았다. 그녀는 잠에 빠졌다.

다음 날.

나는 긴장하며 학원에 도착했다. 카운터에 회원권을 찍고 자리에 앉았다. 평일 오전이었지만 20명이 넘는 수험생이 대기 중이었다. 대기실에서는 도로 주행 코스별 동영상이 반복해서 나오고 있었다. '제바알⋯. B 코스 나오게 해주세요. 세상 모든 신이시여, 제발 제발 제발요' 간절히 빌었다.

감독관 : 방아리 씨, 박태욱 씨 차에 타세요.

감독관이 호명하는 순서대로 1층으로 내려갔다.

감독관 : 박태욱 씨 A 코스, 방아리 씨 B 코스입니다.

'앗싸! 감사합니다. 정말 아주 착하게 더욱더 착하게 살겠습니다. 이왕 해주신 김에 합격도 하게 해주세요. 운전 신이시여!!!' 며칠 동안 그렇게나 열심히 외우던 B 코스가 배정됐다. 첫 번째 운전자가 운전석에 앉고 감독관은 조수석. 나는 뒷좌석에 착석했다. 출발한 지 1분도 안됐는데 '쿵' 소리와 함께 감독관의 차가운 목소리가 들린다.

감독관 : 실격입니다.

긴장을 너무 많이 하신 탓일까. A 코스에 배정된 박태욱 씨는 출발하자마자 입구 경계석에 차를 부딪쳤다. 당황한 나머지 핸들을 풀지 못해 휘청거리다 실격되셨다. 몇 분 뒤의 내 모습을 보는 것 같다.

감독관 : 방아리 씨 자리 이동하세요.

심장 소리가 점점 커진다. 이미 머릿속엔 외운 코스 순서 따위 사라진 지 오래다. 모든 사물이 슬로우 모션으로 보이기 시작한다. 어지럽다. 1시간 같은 10초가 지나갔다. 나는 운전석에 앉아있다. 마음을 다해 연습했던 덕인가. 아직 큰 실수 없이 주행 중이다. 시속 40km/h 정도로 직진 중이다. 옆자리에서는 감독관이 차분한 모습으로 평가하고 있다.

그때다. 갑자기. 무언가가. 내 몸을 움켜쥐는 듯한 느낌이 든다. 어지럽고 땀이 나기 시작한다. 긴장의 끈을 조이기 위해 정신을 집중한다. 상황은 점점 악화한다. 땀이 쏟아져 내리고 눈동자는 불안하게 흔들린다. 고개를 숙인 채 신음을 참는다. 괜찮은 척, 감독관의 시선을 피하며. 기운을 내보이려 노력 중이다. 똥이 찾아오는 것 같은 강렬한 감각에 더는 참을 수 없다…….

감독관 : 왜 그러세요?

감독관은 나의 당황스러운 표정을 바라보며 묻는다. 조금 더 참아볼까 고민하다가 결국 몸을 좌우로 비틀며 대답한다. 차마 똥이 마려워 죽을 것 같다고 말할 수는 없다.

아리 : 네…. 배가… 좀… 아파요….

감독관 : ……………

깊게 심호흡하면서, 엉덩이에 힘을 준다. 너무 많이 긴장해서일까?

왜 갑자기 배가 아파 온 걸까. 당황스러운 상황이지만 도로 주행을 무사히 마치기 위해 온몸에 모든 신경을 집중한다. 오로지 제발 이 상황이 빨리 끝나기만을 바랐다. 그러나 나의 모든 노력을 깨부수려는 듯 강렬한 감각이 세상 밖으로 나오기 위해 매몰차게 엉덩이 문을 두드리고 있다. 더는 무리다. 이미 이성의 끈을 놓기 직전이다.

아리 : 화장실이 어디죠?!

감독관이 얼굴을 찡그린다.

감독관 : 죄송한데, 여기서는 화장실이 없어요.

화장실을 찾을 수 없다니… 절망적이다. 이젠 생사의 문제다. 이제 직면한 고민은 단 하나. '화장실이 어디야!'

아리 : 저 정말 죽을 거 같아요. 화장실을 당장 가야 해요! 제발요!

감독관 : 여기 근처에는…. 잠시만요! 저기 앞에 주유소로 들어갑시다! 조금만 힘내세요!

저 멀리 주유소가 보인다. 차를 급하게 세우고, 문을 열자마자 토끼처럼 튀어 나갔다. 세상에서 가장 감사한 순간이었다. 화장실에서 평화를 찾은 후 다시 현실로 돌아왔다. '도로 주행 시험 중이었는데… 실격은 아니겠지' 걱정과 민망함의 그 어딘가쯤. 씁쓸한 마음으로 다시 차에 탔다. 생사를 오갔던 도로 주행을 마치고 마침내 학원에 도착했다.

감독관 : 합격입니다. 앞으로 이렇게 문제가 생길 때는 당황하지 않고 대처해야 합니다.

감독관은 미소를 지었다. 사실 도로 주행에 합격한 것보다 살아 돌아온 것에 감사하다. 아직도 몇 분 전을 생각하면 아찔하다. 다시는 그 순간으로 돌아가고 싶지 않다. 지금 평화롭게 발을 땅에 딛고 있다는 것이 너무나도 감사하다. 와, 드디어, 나에게도, 운전면허증이 생기는구나. 오늘은 두 배로 감격스러운 날이네. 화장실도 무사히 갔고, 면허증도 생겼다.

앞으로 꽃길만 걸을 것 같은 예감이 들었지만, 이것은 시작에 불과했으니….

  * 책의 본문에 나오는 방아리는 병아리를 모티브로 한 이름으로, 작가의 병아리 시절을 나타낸다는 뜻으로 '방아리'라는 이름을 사용했습니다.

초보 운전 여정의 시작

"가까스로 운전면허증을 취득한 뒤에 저는 앞에서 설명해 드린 것처럼 세 번의 시도와 좌절을 겪었습니다. 영원히 운전대와 이별하려고 했지만, 운명의 장난이었을까요? 다시금 저는 운전을 해야 하는 상황을 마주하게 되었습니다."

경기도 소재의 바이오 회사에 다니고 있는 나에게 어느 날 청천벽력과도 같은 공지가 내려졌다.

'회사 이전 확정. 4개월 뒤 이전 예정.'

회사는 이전 준비로 분주한 상황이다. 빡빡한 일정으로 빠르게 이전할 장소를 찾아야 하는 상황이었다. 그리고 운이 좋게도 기한 만기 한 달 전에 적절한 장소를 찾아 회사는 이전할 건물을 계약하였다. 하지만 회사의 주소가 변경되어, 나는 출퇴근 거리가 15분에서 2시간으로 늘어나는 마법을 당했다. 비록 같은 경기도권이지만 관할지가 다른 도시였다.

회사 이전 한 달 전, 상사께서 개인 면담을 요청하셨다. 출퇴근 거리로 인해 고민하는 나에게 출퇴근 차량을 지원해 주신다는 내용이었다.

상사1 : 아리 씨, 운전할 수 있다고 했지?

아리 : 네.

상사1 : 우리 회사가 다른 도시로 이전을 가게 되었네. 대중교통으로 출퇴근하기에는 거리가 너무 멀어. 아무래도 자네가 운전해서 옆 동네 사는 동료를 태우고 같이 출퇴근을 해주게나.

아리 : 아…. 네…. 네?

상사1 : 회사가 이전 하게 되면 한동안 정신도 없고, 회사에 자네가 꼭 필요하네. 차는 이미 계약했고 한 달 뒤에 출고된다고 했네.

아리 : 아…네….

상사1 : 운전할 수 있는 거 맞지?

아리 : 그럼요.

상사1 : 한 달 뒤부터는 차로 출근하게.

아리 : 네 알겠습니다.

발걸음이 무겁다. 미. 친. 걸. 까? 운전… 이라…. 난 운전을 세 번이나 포기했는데? 상사의 기대감에 거짓말을 해버렸다. 회사에서 받는 신임이 두터운 터라, 뭐든 잘하는 모습만 보이고 싶었다. 혼자 몸도 힘든데 동료를 데리고? 남의 귀한 목숨이 내 손에? 부담이 두 배로 커졌다. 이제 방법은 없다. 이미 일은 엎질러졌다. 회사를 그만두든지, 아니면 한 달 안에 운전을 마스터해야 하는 상황이 된 것이다.

운전이란 두려움을 안고 있는 것 같다. 차에 타면 몸도 떨리고, 마음도 떨린다. 무엇보다 초보운전자에게 운전은 두려움 그 자체이다. 그렇게 나는 자신감 없이 운전을 미루며 시간을 보내다, 결국 한계에 부딪혔다.

이번에는 네 번째 시도다. 세 번의 실패 끝에, 드디어 내가 차를 타고 도로를 달릴 때가 왔다. 그러나 내 안의 두려움은 다시 또 나를 괴롭히기 시작했다. 나는 가능한 한 운전을 피하려고 최선을 다했다. 그러나 지금은 다른 선택지가 없고 나는 내 두려움에 정면으로 맞서야 하는 상황이다.

그때부터 일이 정말 까다로워지기 시작했다.

숨바꼭질

"운전을 다시 시작하기 전 자동차의 기본 조작도 서툰 저에게 한 가지 부탁이 왔어요. 상사의 차 안에 있는 서류를 찾아서 보내달라는 거였죠. 문 여는 것쯤이야. 기본적인 거니까 당연히 아무런 걱정 없이 차량으로 향했고, 그곳에서도 역시나 생각지 못한 상황을 마주했습니다. 아직 초보에게는 모든 것이 낯설더라고요."

아리 : 네. 여보세요~?

상사2 : 아리 씨, 차 안에 서류 좀 스캔해서 보내줘유.

익숙한 상사의 목소리다. 상사의 차량에 있는 서류를 찾아서 스캔한 뒤 메일로 전송해 달라는 요청이었다. 1층 로비에서 자동차 키를 받은 뒤 주차장으로 갔다. 새하얀 대형 SUV가 수많은 차들 사이로 나를 반긴다.

삐빅~!

운전석 문을 열었다. 그런데 서류가 없다. 조수석 쪽을 본다. 서류가 없다. 뭐지? 뒷좌석…. 그래 뒷좌석에 있나 보다. 뒷좌석 문을 연다. 안 열린다. 다시 뒷좌석 문고리를 힘껏 잡아당긴다. 안 열린다. 자동차 키에 있는 열림 버튼을 다시 눌러본다. 그래도 안 열린다. 이번엔 뒷좌석 문에 있는 도어 버튼을 눌러 잡아당겨 본다. 안 열린다…. 뭔데… 뭐지? 뭐야…. 망. 한. 건가?

이 당연한 걸 전화해서 물어볼 수도 없고…. 뭐…. 끌어 봤어야 차를 알지. 그래, 당황하지 말자. 순간 동료들이 지나간다. 당황한 표정을 애써 지우고 지나가는 사람들을 의식한다. 다시 운전석으로 가서 앉았다. 문을 닫고 천천히 생각해본다.

뒷자리 문을 여는 버튼이 어딘 가에 있을 거야. 찾아보자. 이건가. 온갖 열리는 버튼처럼 보이는 건 다 눌러본다. 다시 차에서 내린 후 뒷자리 문을 열어본다. 안 열린다. 아!!! 정말!!! 그래. 당황하지 말자.

또다시 운전석에 탄다. 주변을 살핀다. 지금이 기회다. 지나가는 사람이 아무도 없다. 그래. 문을 여는 것은 빠른 포기다. 난 몸이 작으니까. 그래 난 유연해. 난 작고 유연해…. 말도 안 되는 소리를 되뇌며 몸을 구겨 의자 사이로 넣는다. 운전석에서 뒷좌석으로 엉거주춤 넘어간다. 아무도 못 보게 최대한 빠르게 아무렇지 않은 척. 홋. 이제 서류를 찾기만 하면 된다.

그런데…. 없다. 서류가 없다! 뭐지? 트렁크… 인가? 트렁크에 서류가 있나? 하…. 마지막 보스 트렁크. 아, 트렁크도 무슨 전동 버튼이라 하던데. 기억을 곱씹어 본다.

다시 운전석으로 뼈마디를 구기며 옮겨간다. 트렁크…. 트렁크…. 트렁크 버튼이 뭐야. 차 모양이 표시된 버튼이 보인다. 이거다!! 꾸욱 버튼을 누른다. 그러나 트렁크가 열리지 않는다. 다시 한번 버튼을 눌러본다. 아무 일도 일어나지 않는다. 그래…. 뭐 트렁크…. 운전석에서 뒷좌석으로 넘어간 뒤, 뒷좌석에서 다시 한번 몸을 구겨서 뒤로 넘어가면…. 까짓거 트렁크 내부도 찾아볼 수 있을 거야.

흐읍! 숨을 참는다.

다시 뼈와 살을 구겨 넣는다. 운전석에서 뒷자리, 다시 뒷자리에서 한 칸 더 뒤로 넘어간다. 휴. 이제 서류만 찾으면 된다. 된다. 된다…? 서류가 또 없다! 뒤통수를 맞은 기분이다. 내가 이렇게 고생했는데 서류가 없다니. 도대체 이게 무슨 생난리란 말인가. 답답한 마음에 상사에게 전화를 건다.

아리 : 다 찾아봤는데 서류가 없어요.

상사2 : 잉…. 다른 곳에 있나? 알겠슈.

뭔 큰일을 한 것도 없는데 땀이 삐질 난다. 휴. 차에서 내린다. 자동차 키의 잠금 버튼을 누른다. 문을 열어보고 닫힌 것을 확인했다. 다시 사무실로 올라갔다.

다음 날.

상사2 : 아리 씨.

상사가 나를 뚫어지게 쳐다보며 말한다.

상사2 : 아리 씨 내가 어제 내 차에 가봤는디….

아리 : 네, 왜요?

가뜩이나 작은 상사의 눈이 완전 반달이 되었다. 입꼬리가 반쯤 올라가는가 했더니 깔깔대고 웃으신다. 좋은 일이 있으신가 보다. 계약이 잘 성사되었나? 미팅이 성공적이었나?

상사2 : 아니…. 내 차가 말이여, 창문도 열려 있고, 본네트도 열려 있던디? 다 열려 있던디? 내가, 설마, 서류를, 본네트에 넣어놨을까 봐? 엄~청 꼼꼼히 찾아봤네유? 본네트엔 서류가 없을 텐디? 나 본네트에 서류 넣어놓는 그런 사람 아니여~

아찔하다. 동공이 어지럽다. 설마 내가? 내가? 하. 그 버튼!! 그 차 모양의 버튼은 보닛이었나 보다. 그런데 분명 창문을 연 기억은 없는데…. 아니. 일단…. 완벽한 나의 업무 생활에 오점이 생겼다. 나 이런 이미지 아닌데…. 머리가 하얘진다…. 당황한 표정으로 아무 말도 하지 못했다. 그 옆에 성격 좋은 상사는 호탕하게 웃고 있었다.

하얀 대형SUV에게 사과해야겠다. 나 때문에 그 차가운 이른 아침. 너는 너무나도 추웠겠구나….

운전 1일 차의 소감

초보 운전, 서툴지만 나아지고 있어

저는 마침내 인생에서 가장 큰 용기를 내기로 결심했습니다.

차가 출고되기까지 저에게 주어진 시간은 한 달. 그 한 달 동안 저는 옆에 지인, 친구, 강사 등을 태우고 열심히 운전 연습을 했습니다. 도로 주행 중에 갑자기 제 차선에 큰 종이 상자가 놓여 있던 적이 있었는데 그것을 피해야 한다는 생각도 못 한 채 종이 상자에 정면으로 부딪쳐버렸어요. 경험이 없었기 때문에 '종이 상자'가 왜 위험하겠나 싶어 그대로 박아 버렸던 거였지만, 지금 다시 생각해보면 그 안에 '무엇'이 들어 있는 줄도 모른 채 위험한 선택을 했던 거였어요.

하루는 출퇴근 코스를 운전 연수 강사님께 배우고 싶어서 전화 문의를 했더니 돌아온 대답은 "그 지역은 1, 2주 가지고는 혼자 운전할 수 없는 길입니다."였습니다. 저는 좌절했어요. 전문가가 안 된다는 것을 저는 무조건 해내야 하는 상황이니까요. 할 수 있다, 없다는 중요한 조건이 아니었어요. 그냥 도로에서 죽지 않고 살아남기 위해서 최선을 다해야 하는 상황이었죠. 마치 한 달 시한부 인생을 선고받은 기분이었어요.

2시간 버스를 타고 회사에 출근한 후, 퇴근 후 다시 2시간 버스를 타고 집에 오고, 그 후에 또다시 2시간 운전 연습을 했어요. 눈 밑에 다크서클은 점점 내려오고 주름은 짙어져 가던 시기였죠. 출퇴근 코스 연습 때문에 퇴근 후에도, 그리고 주말에도 지인을 태우고 자꾸 회사로 차를 운전해서 오자, 이사님께서는 이제 제발 회사에 그만 오라고 말릴 지경이었어요.

그리고 대망의 그날이 왔어요. 드디어 차가 출고되었습니다. 태어나서 한 번도 혼자 운전해 본 적 없는 저는 영원히 마주하고 싶지 않은 날이었죠. 이제 부족하면 부족한 대로 도로에 혼자 차를 끌고 나가야 하는 순간이 온 거예요.

다른 차들과 같이 부대끼면서 차를 운전할 자신이 없는 저는 차들이 최대한 없는 시간을 공략합니다. 집에서 회사까지의 출근 소요 시간은 자동차로 1시간 10분가량. 출근 시간은 9시. 겁쟁이인 저는 바로… 새벽 5시 30분에 집을 나섰습니다.

하지만 혼자는 아니었어요. 제 조수석에는 일행이 있었죠. 바로 곰돌이 인형. 아이들이 애착 인형을 가지고 다니는 것과 같이, 혼자 운전하기가 너무 떨린 저는 심신 안정을 위해서 작은 곰돌이 인형을 조수석에 태우고 안전띠를 채웠습니다. 심장이 크게 뛰고 있었지만 그럴 때마다 인형에게 말을 걸었어요.

"나 잘하고 있는 거 맞지?"

"휴~ 우리 잘 가고 있는 거 맞지?"

"방금 경적은 나한테 그런 거야?"

곰돌이 인형에게 계속 말을 걸면서 저 자신을 위로했어요. 도로에 들리는 모든 경적이 저를 향해 울리고 있다고 느껴졌거든요. 위축되고 주눅들 때마다 "나 잘하고 있는 거 맞지?" 물어보며 계속 주행을 이어나갔고 끝내 회사에 무사히 도착했습니다. 정말 값진 결과였어요. 혼자서는 차를 처음 운전했는데 사고 없이 안전하게 도착했다는 사실이 너무 감격스러웠던 날이었어요.

저의 노력에 하늘도 감동하신 걸까요? 그전에 세 번의 시도는 비록 실패로 돌아갔지만, 물거품이 아닌 내공으로 쌓여있었다는 것을 느끼기도 한 날이었어요. 아 참, 그날 회사에는 아침 6시 15분에 도착하였고 제 출근 시간을 들은 동료들은 한참을 웃었습니다. 다음 날은 또 몇 시에 출근할 예정이냐고 물으면서 말이죠.

Part 2.

아직 멀었구나,

운전은

숨 막히는 긴장감

"운전을 시작한 후로 일주일 동안은 근육통에 시달렸어요. 브레이크를 어찌나 세게 밟았는지 엉덩이에 알이 배었지 뭐예요. 브레이크를 살살 밟으면 정차 중에도 차가 앞으로 움직일 것 같아 무서웠거든요. 핸들도 있는 힘껏 세게 잡아서 어깨에 근육통이 사라지질 않고, 긴장하고 있어서 목도 계속 아파 왔어요.

제가 상상 속에서 가장 마주하고 싶지 않은 상황은 바로 골목길입니다. 좁은 길에서 마주 오는 차량과 대치하고 있을 때 그 긴장감은 손을 땀으로 흠뻑 적시기에 충분했죠. 그래서 특훈이 필요했습니다."

쿵. 끼이이익! 스스스스슥!

온몸에 털들이 누가 키가 더 큰지 내기라도 한 듯 곤두섰다. 누가 8월을 여름이라 한 건가. 이렇게 추운데. 정신은 어지럽고 싸늘하다. 이제 정말 망. 한. 거. 같다. 나는 지금 차들 사이에 껴있다. 앞으로 움직여 본다. 드르륵. 뒤로 다시 차를 움직여 본다. 끼이익. 왼쪽으로도 오른쪽으로도 도저히 방법이 없다. 도로 위에는 수많은 차들이 엉켜 있다.

"빠앙~" "빵" "빠아앙!!!" "빵빵"

차들이 그들의 언어로 대화 중이다. 화가 많이 난 목소리이다. 차를 끌고 집 밖에 나온 순간이 후회된다. 아니. 하루 전으로 돌아가고 싶다. 하. 제발…. 아니다. 그냥 운전을 시작한 그 자체가 너무 후회스럽다.

이제 뭘 해야 하지?
사고가 났는데. 사..고....가......났........는..........데....................

"굿모닝~♪ 빠빠빠 빠빠 빠빠빠빰~♬"

눈앞은 온통 깜깜하다. 아무것도 보이지 않는다. 정신이 몽롱하다. 모닝콜 알람이 다시 울린다.

"굿모닝~♪ 빠빠빠 빠빠 빠빠빠빰~♬"

주변을 둘러본다. 낯익은 향기다. 여긴 어디지? 저 노래는 익숙한…

내 모닝콜이구나. 그러면 여기는…. 내 방인 거겠지? 방이네. 방이야? 그럼. 휴! 꿈이었구나. 하. 다행이다. 정말 앞으로는 더욱더 착하게 살 겠다고 아주 진실한 3초간의 감사함을 갖고 자리에서 일어났다.

오늘은 내가 무사고 운전 15년 차, 자칭 운전의 달인이라는 친구 동현에게 도로 주행을 연수받는 날이다. 말만 도로 주행이고 단지 동네를 몇 바퀴 주행할 예정이었다.

동현 : 일단 시작이니까 슬슬 동네나 돌자.

아리 : 어? 동네…? 여기 좁은데…. 골목인데…? 골목길…? 무서운데…. 차가 마주 오면 내가 뭘 해야 할지 모르겠어. 어느 방향으로 누가 먼저 지나가야 하는지. 그 좁은 곳으로 내 차가 지나갈 수 있는지. 난…. 차 버리고 도망갈 것 같아. 나 그냥 비상 깜빡이 켜고 차에서 뛰쳐 내린 다음에 멍하니 서서 멘탈 부서져 있으면 어쩌지…? 죄송해요…. 그냥 머리 박고 죽은 척할까?

동현 : 그럼 차를 마주치기 전에 네가 빨리 지나가.

아리 : 아니 무슨 소리야. 난 그냥 평생 골목길을 안 갈 거야!

동현 : 지금 출발하지 않으면 맞은편에서 차 온다. 빨리 가. 출발!

어어엇⋯. 도저히 변명이 먹히지 않는 저런 인간. 나쁜 사람. 내가
운전 좀 알려달라고 부탁해서 날 위해 시간을 만들어 준 고마운 사람에
게 나는 있는 힘껏 불쌍한 척을 했다. 먹히지 않자 많은 저주를 뿌렸
다. 단지 골목길 그 상황을 마주하고 싶지 않아서. 저주는 효과가 없었
다. 피할 방법은 없다.

동현 : 가라니까. 고!

저게 바로 운전 15년 차 짬의 아우라인가. 아우씨. 기세에 눌려 나는
세상 불쌍한 표정으로 골목길에 들어섰다. 난이도 극상이다. 도로의 양
쪽에는 불법 주차된 차들로 가득하다. 내가 지나가면 양쪽의 차들을 범
퍼카처럼 다 긁어 버릴 것 같다.

동현 : 쫄지 말고 가. 버스도 지나가는 길이야.

나는 앞만 보며 집중하는데 저 녀석은 내 얼굴을 볼 여유가 있으니
내 생각도 다 읽는 것 같다.

아리 : 알았다고. 가고 있어. 간다. 가는 중이잖아. 으~~ 오~ 옆에
차 긁을 거 같아. 으~~ 오오오오~~

동현 : 아니, 이 속도면 차를 타는 이. 유. 가. 없잖아? 걷는 게 더.
빠. 르. 다. 고. 맞은편에 차도 없고 그냥 지나가면 된다고.

그 순간 번쩍. 불…, 불빛이다! 망했다. 라이트 불빛이다. 맞은편에서 차가 오고 있다. 귀에서 비트가 날린다. 심장 소리가 고막으로 울리기 시작했다.

아리 : 어떡해?! 어디로? 어디로 가?

동현 : 오른쪽으로 살짝 더 붙여줘. 그럼 마주 오는 차량이 지나갈 수 있어.

너무나 태연한 저 녀석의 말투. 남 일이라 이건가.

아리 : 오오오오 조금 더? 더 붙여? 좁은데? 오오오오, 더? 됐어? 이러면 돼? 오오오오오.

동현 : 응. 저 차가 너 옆으로 지나갈 거야 그럼 저 차 지나가고, 너도 지나가면 돼. 멈춰 있어. 그리고 오랑우탄 같으니까 그만 좀 오오오거려.

방금 디스당한 것 따위 반격할 겨를이 없다. 앞에 마주 오던 차가 내 차를 지나치고 있었다. 나의 온몸의 세포가 내 옆에 앉은 녀석을 적으로 인식하려던 찰나에, 마주 오는 차량을 내 생명을 위협하는 적으로 (아무런 잘못도 안 하셨는데 죄송합니다. 쫄보라 그래요) 인식했기 때문이다. 마치 나를 박으려고 달려오는 것처럼 무서웠다. 휴. 30분 같던

30초가 지나갔다. 나는 다시 앞으로 주행한다. 또 차가 마주 올까 봐 떨린다.

몇 분이 지나지 않았는데 그때였다… 번쩍, 불… 또 불빛이다!

아리 : 차다 차! 불빛이야!!!

동현 : 어 그래? 그럼 한쪽으로 피해줘.

두 번째라 그런가? 자신감이 조그음, 발끝만큼은 더 붙었다. 왼. 오. 왼. 오. 눈동자를 빠르게 굴려본다. 도로에 빈 공간이 보인다. 주차된 차들 사이로 아무것도 없는 넓은 한 공간이 보인다. 그래. 차 옆에 아슬하게 피하지 말고, 아예 저곳에 안전하게 주차해 버리는 거야. 난 매너 있는 운전자니까. 내가 양보해야지. 편하게 지나가소서. 빈 공간으로 차를 완전히 주차했다. 이제 마주 오는 운전자가 지나가기만 하면 된다. 멀리서 환한 불빛이 가까워진다. 점점 더 가까워진다.

동현 : 너 진짜 친절하다.

내가 마주 오는 차를 위해 한쪽으로 완전히 주차해서 피해 주자 동현이 나에게 말했다. 칭찬인가? 고럼 고럼. 난 친절하고 착한 사람이지. 매너 있는 사람이지. 나는 양보 운전을 잘하는 사람이지. 훗. 그런데 뭔가 찜찜하다. 저 녀석이 칭찬을 저렇게 쉽게 할 리가 없다.

불빛이 다가온다. 불빛이… 한 개네? 오토바이인가 보다.

　그저 불빛만 보고 놀라서 차를 이렇게나 친절하게 비켜드렸는데…. 반짝이는 것만 봤지, 불빛이 몇 개인지는 확인할 겨를이 없었다. 뭐 그래도 이런 식으로 비키면 된 거다. 마주 오는 운전자가 점점 가까워진다…. 더 가까워진다….

　오토바이가 아니…? 네? 차는 차인데…. 전동이긴 한데…. 바퀴가 두 개인…. 전동차…. 킥… 보… 드… 였다.

동현 : 너는 내가 아는 세상 모든 사람 중에 가장 친절한 사람이야.

　얼굴이 뜨거워졌다.

아리 : 아니…. 뭐 저것도 차잖아. 난 양보한 거야.

　애써 괜찮은 척 내가 일부러 계획한 척 당당하게 말한다. 그래, 난, 양보 운전자. 배려운전자. 운전의 정석이지. 정신 승리란 이런 것인가.

동현 : 웃기지 마. 너 불빛 보고 쫄아서 한쪽에 주차해버린 거잖아. 아니 차가 오더라도 살짝 한쪽으로 붙여 주기만 하면 되는데 주차를 왜 해. 하하. 거기에 저 킥보드 그냥 지나가도 넓은데 왜 한쪽으로 피한 건데. 진짜 창피해. 저 킥보드가 널 보고 얼마나 웃었겠어? 정말 친절

해. 아주 최고야. 세상에 너 같은 운전자만 있으면 좋겠다.

그날 이후로도 몇 달 동안 동현은 나에게 세상 착한 병아리라고 불렀다. 그래도 뭐…. 사고 안 나면 된 거지…. 아직도 마주 오는 불빛은 무섭지만…. 양보하는 사람이 세상에 점점 더 많아진다면, 이 세상은 참 살만한 세상이 되지 않을까.

반항적인 핸들링

"도로 주행 중에 어려웠던 것은 차선을 이탈하지 않고 가운데로 예쁘게 주행하는 거였어요. 수많은 차들이 약속한 대로 부딪치지 않고 자신의 차선을 유지하면서 규칙 있게 주행하는 것을 보면 멋진 미술 작품을 보고 있는 것 같았죠. 운전하면서 룸미러도 봐야 하고, 사이드미러도 봐야 하고, 도로의 장애물도 봐야 하며, 보행자와 신호도 확인해야 하는데 차선까지 맞추면서 그 모든 것을 하려니 정말 정신이 하나도 없었어요. 그 모든 것을 하기 전에 가장 기본인, 차선을 이탈하지 않고 주행하는 것. 초보인 저는 차선을 맞추기 위해서 이상한 비법을 하나 사용하게 되는데, 오히려 그것은 웃음거리만 되고 말았어요."

평화로운 주말이다. 나는 지방에 사는 친구를 만나러 가고 있다. 예전 같으면 먼 거리 때문에 만날 약속을 쉽사리 잡을 수 없었지만, 운전하는 지금은 언제든 그녀를 볼 수 있다. 이게 바로 운전자의 특혜인가. 친구를 볼 생각에 들뜬 마음과 달리 벌써 손은 덜덜 떨리기 시작했다. 평온했던 심장은 점점 빠르게 뛰고 있다. 이제 곧 운전을 시작해야 한다는 걸 온몸으로 거부하고 있었다.

첫 고속도로 주행이다. 가는 길은 쉽기에 거의 직진만 하면 되지만 고. 속. 도. 로 가 주는 긴장감은 가히 초보에겐 공포 영화와도 같다. 언젠가 극복해야 하는 과제이지만 그저 지금은 피하고만 싶다. 결전의 날을 위해 며칠 동안 핸들링에 대해서 많은 정보를 수집했다. 내가 수집한 정보들은 다음과 같다.

1. 핸들은 10시, 2시 방향을 잡으세요. (운전 학원 강사님)

2. 차선을 맞추기가 어려울 땐, 가상의 기준을 정하세요. (운전 학원 강사님)

3. 차선을 맞추기가 정 어려울 땐, A필러라든지, 차량용 전화번호판이라든지 정해놓고 차선의 왼쪽 기준을 맞추세요. (운전 전문 유튜버)

그래. 바로 이거다. 드디어 실행할 타이밍이 온 것이다. 사실 운전은 몸으로 익혀야 하는 기술인데, 운전을 책으로 배운 나는 현실과 이론은 다르다는 것을 알 턱이 없었다.

떨리는 첫 고속도로 주행을 위해 친구 미래를 조수석에 초청했다. 나는 핸들을 잡고 천천히 주행을 시작했다. 출발한 지 2분도 안 되어 정적이 깨진다.

미래 : 잉? 뭐 하는 거야?

아리 : 봤지? 이 정도쯤이야. 핸들 자연스럽지? 훗 내가 좀 해.

미래 : 핸들을 왜 이상하게 잡아. 자세가 왜 그래. 접시 돌리는 서커스단이야? 팔이 엄청 분주하고 정신없어. 어디서 이 자세를 배워 온 거야?

아리 : 훗. 10시. 2시! 배운 대로 잘하고 있거든? 어라?

핸들을 돌릴 때마다 삐걱대던 나의 나풀거리는 팔 때문에 어느덧 내 손은 11시, 1시 방향에 거의 맞닿아 있었다.

미래 : 차라리 팔에 힘을 조금 더 빼고 9시, 3시 방향으로 핸들을 잡아.

한결 편해졌다. 나름대로 공부하고 배운 대로 잘하고 있다고 생각했

느데 언제쯤 능숙한 운전자가 될 수 있을까? 첫 번째 수집한 정보는 처참히 수정됐다. 이제 두 번째와 세 번째 정보를 실행해보자. 어느덧 고속도로 위를 달리고 있다. 주행 속도가 빨라서 잠깐의 실수도 용납될 수 없다. 정신을 바짝 차리고 온몸의 세포들을 깨워 집중했다. 내가 차를 몰고 있는 도로는 마치 푸른 바다처럼 광활하게 펼쳐져 있었고, 나는 그 바다에서 떠돌고 있는 방황하는 작은 나룻배였다. 차선을 밟을 때마다 자동차에서 경고음이 들린다.

삐빅!

하지만 이것보다 더 빠른 서비스로 인간 경고음이 여지없이 들린다.

미래 : 차선! 차선!

아리 : 알아, 알아. 아직 그래도 조금 여유 공간이 있어.

미래 : 미리 알려 준 거야. 차를 한쪽으로 조금 쏠려서 운전하길래. 내가 안 알려줬으면 차선 곧 밟았을 거 같은데?

변명이 통하지 않았다. 차선 안에서 차를 주행하는 것이 기본 중의 기본이지만 왜 나에겐 어려운 걸까? 조수석에서 연신 울려대는 인간 경고음에게 더는 혼나기 싫다. 마법의 비법을 꺼낼 타이밍이다.

운전을 시작하기 전에 겁이 많았던 나는 운전 시뮬레이션 학원을 먼저 등록했던 적이 있었다. 연습 코스 중에는 오로지 곡선으로만 이루어진 산길 같은 길이 있었다. 내가 계속 차선을 이탈하자 강사님은 비밀 꿀팁으로 차의 A필러를 차선의 왼쪽 라인에 붙인다는 느낌으로 운전을 해보라고 하셨다. 초보 운전자에게는 감이 없어서 어느 정도의 기준이 필요하다는 요지였다. 지극히 공감한다. 이것은 차량마다 다르게 적용되기 때문에 주의해야 할 부분이 있다.

며칠 전 조금이라도 운전과 빨리 친해지고 싶은 마음에 나는 열심히 운전 관련 영상들을 보고 있었다. 그중 '차선 맞추는 법'이라는 콘텐츠는 나에게 어두운 길을 밝게 비춰 주는 등대 같았다. 차선을 맞추는 기준을 정하는 팁에 관한 내용이었는데 차선의 왼쪽 라인을 차 안의 전화번호판이라든지, 하다못해 스티커를 부착하든지 자신만의 표시(기준)를 해놓으면 조금이나마 도움이 된다는 것이다.

비슷한 얘기들은 정말 많았다. '운전자의 오른발이 차선의 가운데에 있으면 된다.' '차의 핸들이 차선의 중앙쯤 위치하면 된다.' '사이드미러로 봤을 때, 30~50센티 정도의 폭을 차선 양쪽에 남겨놓으면 된다.' 등등 여러 기준이 있었다. 그중에 내가 꽂힌 것은 '전. 화. 번. 호. 판' 이었다. 이것이 큰 고통이 될 것이라는 걸 상상하지 못한 채.

미래 : 차선! 차선!

인간 경고음이 연신 울려댄다. 자. 이제 마법의 팁을 실행하자. 사이드미러로 차선의 양쪽 간격을 확인했다. 차가 차선의 중앙에 있을 때의 기준을 찾아봤다. 차량 전화번호판의 숫자 010-1234-5678중에 678이 차선 안쪽으로 들어와 있었다. 그래, 이거다. 그때부터 눈을 크게 뜨고 010-1234-5까지는 왼쪽 차선의 바깥에, 678은 차선의 안쪽에 들어오게끔 온몸의 신경을 곤두세워 주행했다.

한동안 인간 알림음이 작동되지 않았다. '훗, 이거 좋은 방법이네?' 차량은 차선을 잘 유지하면서 안정적으로 주행되고 있었다. 그러나 평화도 잠시, 20분 정도 직진 중일 때 눈이 너무 피곤했다. 눈알이 지금이라도 당장 튀어나올 것 같은 기분이었다.

아리 : 눈이 너무 피곤해!! 휴게소에 잠시 세워야겠어!!

다급한 나의 목소리와 달리 대조되는 목소리가 들려온다.

미래 : 잘 가고 있는데 무슨 일이야? 왜~그래~?

아리 : 잠깐만, 나 지금 시선을 뗄 수가 없어. 눈. 알. 이. 빠. 질. 것. 같. 아. 으어엇.

내 눈동자의 상황을 알 턱이 없다. 안전하게 휴게소에 정차한 뒤 얘기를 이어갔다.

미래 : 왜 그러는데?

아리 : 678을 맞춰야 해….

미래 : 무슨 소리야. 로또 사야 해?

아리 : 차선을 얻는 대신 내 눈알을 잃었어….

미래 : ???

아리 : 육칠팔…. 육칠 팔을…. 차선 왼쪽에 맞춰야 해… 으윽… 육칠 팔….

미래 : 도대체 또 무슨 소리야?

아리 : 차선을…. 맞추기 위해서…. 기준을…. 정했는데…. 차량 전화 번호판의 678번이 차선 안쪽에 들어오면 차가 차선 안쪽으로 안정적으로 주행하더라구…. 그래서 운전 내내 전화번호판이 뚫릴 정도로 번호를 쳐다보면서 주행했어.

미래 : 차가 별로 없는 한적한 곳이어서 정말 다행이었어. 다음부턴 그런 이상한 짓 하지 마. 내가 조수석에 앉아서 살폈으니 다행이지. 그 정보는 최후의 방법일 거야. 그리고 그 팁은 너처럼 그렇게 극단적으로

전화번호판만 보면서 운전하라는 뜻은 분명 아니었을 거야. 차라리 시야를 넓게 봐. 넓게 보면서 조금씩 익혀. 전방을 넓게 봐야 도로 교통 상황도 알 수 있고 훨씬 안전해. 전화번호판만 보니까 눈이 피곤하지. 앞에 도로 상황은 잘 보긴 한 거야? 우리가 어떤 길을 왔는지 앞에 어떤 상황들이 있었는지 알고는 있는 거지?

대답할 수 없었다. 오로지 그저 전화번호판을 차선에 맞추는 것만 집중했다. 정말 위험하고 아찔한 주행이었다. 시야가 좁으면 위험한 거구나. 단지 그 순간의 문제에만 집중했다. 목적지에 안전하게 도착하기 위해 운전을 하고 있었고, 안전하게 주행하기 위해 차선을 맞추려 노력했다.

하지만 차선을 맞추는 것에 모든 시선이 쏠린 나머지 도로 앞의 상황과 전체적인 교통 상황은 인지하지 못했다. 또한 과도한 주시로 인해 눈동자에 부작용도 나타났다. 눈은 빨갛게 충혈되었다. 의도는 좋았으나 방법이 적절치 않았다.

마치 인생의 행복을 위해 돈을 버는 것인데, 돈 버는 것에만 집중한 나머지 일상의 행복들을 놓치고 있는 우리처럼 말이다. 큰 그림을 보아야 한다. 운전도, 인생도. 목적지에 안전하게 다다르기 위해서. 이날 이후로 나는 더 이상 전화번호판을 주시하지 않았고 도로의 전체 교통 흐름을 주시하며 내 차의 차폭 감을 익히기 위해 더욱 노력하기 시작했다.

초보 운전, 서툴지만 나아지고 있어

주차 실패

"운전하면서 가장 걱정하던 것은 주차였습니다. 그나마 선택하라면 주행보다 주차가 어려울 것 같았어요. 그 좁은 주차선 안에 어떻게 차를 요리조리 주차하는지 신기할 따름이었어요. 다른 사람이 주차하는 것을 볼 때는 쉬워 보였는데 막상 운전석에 앉아서 주차하려니 머릿속이 하얘지더군요. 하지만 주차할 수 없다면 그 어느 곳도 갈 수가 없었기에 저로서는 무조건 주차와 친해져야 하는 상황이었습니다."

운전을 시작할 때 가장 걱정했던 것은 주차였다. 나는 운전에 익숙해지면 주행은 가능할 것 같지만, 주차는 절대 내가 익숙해질 수 없는 영역이라고 판단했다. 평소에도 공간 감각이 남들보다 부족하다는 걸 많이 느꼈기 때문이다.

봉지에 담겨 있는 반찬을 반찬 통에 옮길 때면, 몇 번이나 여러 크기의 반찬 통에 넣었다 빼기를 반복한다. 화장대 틈 사이로 물건이 들어가 꺼내야 했을 때도 빈틈의 공간은 계산하지 못한 채 무작정 내 팔을 욱여넣었다. 직접 몸으로 넣어보고 나서야 '아, 틈이 내 팔보다 작구나.' 깨달았다.

이렇기에 주차에 퍽 자신감이 있을 리가. 사실 주차 때문에 운전을 포기한 적도 있다. 하지만 이젠 더 이상 피할 수 없는 상황이 왔고, 살아남기 위해 무조건 주차와 친해져야 한다. 버는 모든 돈을 합의금과 차 수리비에 붓고 싶지 않다면 말이다.

방구석 드라이버인 나는 '주차 잘하는 법' '주차 공식' '주차 이것만 알면 쉬워요' 등 여러 가지 콘텐츠를 정복했다. 직접 해보고, 눈으로 보면서 몸으로 감각을 익혀야 하지만, 그놈의 '겁' 때문에 실행하기까지 정말 수십 개의 동영상을 공부했다. 여러 가지 공식들이 있었다. 핸들을 끝까지 돌리고, 직진하고, 어깨선에 맞추고, 이렇고, 저렇고, 그래도 하나도 모르겠다. 당장 발등에 불이 떨어지다 못해 발이 타고 있었다.

동현 : 여보세요.

아리 : 나… 주차 좀 알려줘!

친구 동현한테 SOS 요청을 했다. 나는 그의 차를 탔고 그는 운전석에서 핸들을 조작하면서 나에게 주차의 기본적인 방식에 관해 설명했다.

동현 : 평행 주차는 방뎅이를 붙이면 돼.

아리 : 어? 뭔 방뎅이?

동현 : 차와 차 뒤꽁무니. 잘 봐. 네가 저곳에 주차하고 싶으면 그 앞에 있는 차와 너의 차 방뎅이를 붙여. 그다음에 후진하면서 핸들을 풀면 돼. 쉽지?

아리 : 보면 쉬운데…. 하면 안 되던데….

동현 : 한 번 해봐.

그가 차에서 내린 후, 날 지켜본다. 막상 운전대를 잡으려니 핑계를 대고 피하고 싶다. 하지만 내 상황을 아는 동현에게 내 변명이 통할 리가 없었다. 나는 운전석에 앉았다. 나에겐 정해진 자리에 주차를 완료하라는 임무가 주어졌다.

동현 : 차 옆이 너무 부담되면 벽 옆에 주차해보자. 저기, 보이지? 그 옆에 최대한 가까이 주차를 한번 해봐.

차를 앞으로 쭉 뺐다. 사이드미러와 후방 카메라로 차의 뒤쪽을 확인했다. 핸들을 좌로 돌리고 우로 돌리고 여러 번 반복한 끝에 각도를 평행하게 맞췄다. 후진 주차였다. 중간에 세상 불쌍한 눈빛으로 SOS 요청을 했지만, 동현은 절대 도와주지 않았다. 혼자 해봐야 배우는 것도 있다고 한다. 이제 각도는 맞다. 그대로 후진하면 된다. 훗. 나 스스로에 감탄하는 중이다. '오~ 주차 잘하네!'라는 칭찬을 들을 일만 남았다. 후진한다.

아리 : 완~~료

빠직! 둔탁한 소리가 났다.

완료했다고 말하려던 찰나에 오른쪽 사이드미러가 꺾였다…. 머릿속이 하얘졌다. 순간 동현의 얼굴을 본다. 세상에서, 가장, 화나 있는, 사람의 얼굴이었다.

아리 : 어어, 이게 왜…. 분명히 내가 사이드미러로 볼 때는 공간이 있었는데….

동현 : 내려.

정적이 흐르고, 어찌해야 할 바를 모르겠다. 이윽고 동현은 심호흡했다.

동현 : 사이드미러로 봤을 때는 차만 거울에 비추기 때문에 공간이 있어 보여. 하지만 사이드미러가 차지하는 공간도 항상 머릿속에 염두에 둬야 해. 거울만 보는 게 아니라, 뒤로 후진할 때 사이드미러가 벽에 부딪히는지 안 부딪히는지도 역시 봐야 한다는 말이야.

아리 : 응. 미안해.

동현 : 다시 한번 해보자. 운전석에 다시 타. 이번에는 후진 연습 한번 해보자. 주차할 때 후진도 필요하니까.

손은 이미 땀으로 젖었지만, 더는 실수할 수 없다. 긴장감과 부담감을 가진 채로 나는 후진을 시도했다. 전진할 때와 후진할 때의 핸들 방향이 아직 적응되지 않는다. 다시 온몸의 세포를 하나씩 깨워 초집중한다. 사이드미러를 보면서 천천히 후진 중이다. 커브 길을 후진으로 나오는 건 정말 어질어질하다. 거의 다 빠져나올 무렵이었다.

버버버벅!
또다시 둔탁한 소리가 난다.

아리 : 어!?!?!? 뭐지!!!

놀라서 브레이크를 밟는다. 사이드미러와 후방 카메라를 모두 확인했으나 장애물은 보이지 않는다.

아리 : 돌 밟았나?

다시 후진을 이어간다.

뻐어어억!!
차에서 나는 소리였다.

동현 : 기둥!! 기둥!!

동현의 절규 섞인 외침이었다.

동현 : 내려.

나는 다시 강제로 차에서 내려야 했다. 귀신이 곡할 노릇이다. 사이드미러와 후방 카메라를 뚫어지게 쳐다보며 정말 조심히 후진하던 중이었다. 어떠한 장애물도 보이지 않았는데. 차에서 내려서 확인해보니 조수석 문짝은 옆에 있는 주차 봉으로 인해 움푹 패어 들어가 있다.

동현 : 주차 봉이 낮아서 그 자리에서는 사이드미러에 주차 봉이 안 보이지. 애초에 후진하면서 멀리 장애물이 있는지 확인했어야지!

또 실수하다니… 저 멀리 땅속으로 숨어버리고 싶다. 이번에는 후진을 무사히 끝내서 아까의 실수를 만회하고 싶었지만, 연속으로 사고를

쳐 버렸다. 다시 두 번째 정적이 우리를 감쌌고 동현은 가버렸다. 그 이후로 우리는 한동안 대화하지 않았다.

얼마 후 나는 사과의 문자를 보냈다.

'운전에 미숙해서… 의도치 않게 손해를 끼쳐… 심히 송구스럽습니다…. 수리비는 변상하겠습니다…. 그리고… 다시는… 운전을 알려달라 하지 않겠습니다…. 그동안 감사했습니다…. 이제…. 저는 알아서 살아 남아야 하겠죠? 혹시 사고 소식이 전해지면… 명복을 빌어주세요. -아리-'

운전하면서 예상치 못한 부분이 너무 많아서 매번 좌절한다. 운전대 만 잡으면 나 자신이 한심스러운 실수투성이가 되는 사실을 받아들이기 힘들다. 운전을 영원히 배우지 않는다면 나는 내 실수와 잘못을 마주할 필요가 없다. 그래서 영영 피하고만 싶다.

하지만 화장실 갔다가 볼일을 보고 뒤처리를 하지 않은 기분이랄까. 항상 마음 한편이 불편하다. 이것을 극복하지 못하면 다른 무언가도 해 낼 수 없을 것 같다. 두려움 앞에서 이제는 더 도망치고 싶지 않다. 많 은 사람이 운전하는데 나에겐 도대체 왜 이리도 어려운 걸까…. 계속 부딪치다 보면 어느 날 나도 운전에 익숙해질 수 있지 않을까.

띠링~

답장이 왔다.

'살아야지…. 다시 운전 알려 줄게. 오늘부터 특훈이다. 앞으로 구조
물이나 장애물에 박더라도 움츠러들지 말고 공부했다고 생각해 -동현-'

그래, 이번에는 꼭 운전이라는 장애물을 넘어보자. 값진 경험을 했으
니 더는 의기소침하지 않고 더욱더 보완해서 운전과 친해지는 거야. 반
드시….

낄끼빠빠 (낄 때 끼고 빠질 때 빠져라)

"아직 운전과 친해지지는 않았지만, 운전대를 매일 잡으며 나에게 닥친 상황을 정면으로 마주하고 나아가는 중입니다. 특히 차선 변경은 정말 우여곡절이 많았어요. 매번 도로의 중간에서 멈춰버리기 일쑤였죠. 최대한 차선 변경을 하고 싶지 않아서 버스 뒤에 졸졸 따라다녔던 적도 있었어요. 그러나 즉흥적인 도로 상황을 마주하면서 어쩔 수 없이 차선 변경을 배워야 한다는 것을 느꼈죠. 다른 사람이 차선 변경하는 것을 볼 때는 쉬워 보였는데 역시나 직접 해보려니 너무 떨리더라고요. 하지만 두려울수록 더욱더 마주해야 친해지고 익숙해지므로 더 열심히 연습했습니다. 비록 많은 실수를 했지만요."

친구 세례와 함께 냉면을 먹고 집으로 가는 길이다. 외곽 순환 도로를 빠져나와 또 다른 합류 지점에 다다랐다. 침을 꿀꺽 삼킨다. 드디어 올 게 왔다. 차. 선. 변. 경. 나는 도로 합류 지점에 있는 '가속차로'를 주행 중이다.

세례 : 더욱더! 더! 밟아야 해. 속도가 느리면 차선을 낄 수 없어.

아리 : 잠깐만, 잠깐만, 차들이 너무 쌩쌩 달려서 안 돼…. 못 껴…. 안될 거 같은데? 어떡해!

그대로 주행하다가는 곧 내가 달리고 있는 차선이 사라질 것이다. 시간이 얼마 없다. 몇 초 남지 않았다. 더 가속해서 차선을 변경하든가, 아니면 멈춰야 하는 상황이 온 것이다. 그야말로 눈치 게임이다. 계속 왼쪽을 주시한다. 살짝 속도를 높여 본다. 왼쪽 차선을 주행 중인 차량이 양보해 주지 않는다. 무리하게 진입했다가는 큰 사고가 날 것이다.

빠른 포기. 나는 다시 천천히 주행한다. 합류할 차선과의 차량과 속도가 더욱 벌어진다. 퍽 낄 수 있을 리가. 이제 곧 나의 차선은 사라진다. 5.4.3.2…. 나는 더 이상 주행을 할 수 없다. 내 차선은 이제 사라졌다. 브레이크를 밟아 차를 세웠다. 정적이 흐른다.

아리 : 망. 했. 다.

세례 : 멈추면 어떡하라고! 이젠 정말 끼기가 더 힘들어졌어. 우린 이제 아예 가속할 차선이 없는데 무슨 수로 차선 변경을 할 거야? 이러면 정말 힘들어. 옆 차선의 차들이 없을 때 차선 변경을 해야 하는데…. 타이밍 놓쳐서 일이 정말 꼬인 거야…. 진짜 망한 거라고.

친구는 미간을 찡그렸다. 난들 이러고 싶었겠니…. 당황한 나를 대신해 친구가 합류할 차선의 차선 변경 타이밍을 주시하고 있다. 한 단어가 머리를 한 대 치고 지나갔다. '타이밍, 타이밍, 타이밍' 한 번의 타이밍을 놓쳐서 한참을 기다리고 있는 신세가 됐다. 분명 타이밍은 있었다. 눈으로 확인했고 차선 변경을 할 수도 있었다.

실패한 원인은 단 하나. '망설임' 가속하지 않아서였다. 그렇다면 왜 망설였을까? '두려움' 때문이었다. 옆 차선의 차량과 충돌하지 않을까 하는 두려움 때문에. 다시 또 생각의 꼬리를 문다. '두려움'은 왜 생겼을까. '경험이 없어서' 그리고 '확신'이 없어서다. 즉 경험이 부족하여 확신이 없었고 두려움이 생겨 망설이는 동안 기회가 날아가 버린 것이다.

운전을 시작하면서 문제에 부딪힐 때마다 입에 달고 사는 말이 있다. '망. 했. 다' 난 하루에 이 말을 여러 번 내뱉는다. 친구가 투덜대며 면박을 주니 갑자기 '이럴 수도 있는 거지!' 하는 무식하고 용감한 초보의 패기가 끓어올랐다.

그래. 난 지금 기회를 놓쳤고 남들보다 뒤처진 상황이다. 그렇다면 이 상황은 정말 망한 상황인가? 고개가 저절로 도리도리 흔들렸다. 정말로 망한 상황은 더는 아무것도 할 수가 없고 모든 기회가 종료된 시점일 것이다. 아마 그것은 인생의 끝 정도는 되어야 말이 되지 않을까?

그럼 이 상황은 그저 조금 늦어졌을 뿐, 단지 차량이 한적할 때 차선 변경할 여유의 공간이 나오면 그때 차선을 변경한 뒤 무사히 집에 도착하면 되는 거다. 그렇게 생각하니 마음이 한결 가벼워진다.

합류할 차선의 교통량이 한적해지거나, 양보해 주시는 선의의 운전자를 만날 때까지 기다리는 동안 내 생각은 더욱 확장됐다. 그럼 정말 늦어진 상황인가? 비록 늦게 출발하더라도 목적지에 도달하기까지 수많은 신호들을 마주할 것이다. 그곳에서 멈춰 있는 동안 속도가 비슷해질 수도 있다. 무조건 늦었다고 단정할 수는 없다.

다시 또 생각이 이어졌다. 그렇다면 빨리 가는 것만이 최고인가? 음…. 그것도 아닌 것 같다. 과속하다가 사고라도 날 때는 영영 목적지에 도착할 수 없다. 차라리 안전하게 운전해서 목적지에 도착하는 것이 승리자 아닐까.

인생도 도로와 비슷하다. 우리는 주변의 많은 사람과 비교하고 경쟁하고 자신을 채찍질한다. 20대에 성공했다고 해서 인생에 성공했다고 말할 순 없다. 40대에 망해버릴 수도 있지 않은가. 반대로 50대에 망했다 해서 인생을 망쳤다고 단정지을 수도 없다. 60대에 성공할 수 있으니 말이다.

오르막길 내리막길이 있는 것처럼 인생에도 굴곡이 있다. 내가 남들보다 뒤처질 때가 있는 반면에 다시 그것을 회복하고도 남을 만큼 더 큰 추진력을 얻기도 한다. 다른 사람들의 빠른 성공을 부러워할 이유가 없는 것이다.

그러나 우리는 적어도 한 가지 준비는 해야 한다. 바로 내가 경험이 부족해 확신이 없어, 두려움 때문에 망설이다가 기회를 놓친 것처럼. 속도에 조급해할 필요는 없지만, 인생을 조금 더 알록달록하게 채우고 싶다면 많은 것을 경험하고 두려움에 맞서야 하는 용기가 필요하다.

그때였다.

빵! 경적이다.

도로 한끝에 불쌍하게 정차되어 깜빡이를 켜고 있는 우리를, 자비로운 운전자 한 분이 양보해 주셨다. 차선 변경을 하라는 경적이었다. 역시 세상은 아름답다. 감사합니다. 나는 서둘러 옆 차선으로 옮겨갔고 무사히 집에 도착했다. 도로 위 차선 변경 때문에 쩔쩔매는 동안 참 많은 생각을 한 하루였다.

운전 1달 차의 소감

꿈꾸던 대로, 저는 지금 운전하며 출퇴근을 하고 있습니다.

운전을 시작한 지 벌써 한 달이 지났네요. 어색하지만 이제 '운전자'라는 정체성을 받아들이기 시작했습니다. 한 달이 지난 지금, 많은 것들을 배우고 느끼고 있어요. 처음에는 운전이 생각보다 복잡하고 어렵다는 것을 느꼈습니다. 도로 상황과 교통법규, 다른 차량과의 대처 방법 등 아직 미숙한 점이 많더라고요. 두려움과 긴장감도 컸어요. 운전할 때마다 더 많은 연습과 경험이 필요하다는 것을 깨달았습니다.

운전석에만 앉으면 여전히 심장이 쿵쿵거리고 운전하는 것이 즐겁지 않았어요. 최대한 운전을 피하고만 싶었죠. 하지만 이제는 어려움 속에서도 즐거움을 찾아내는 중이에요. 멈추지 않고, 앞으로 계속 전진 중입니다.

한 달 전과 비교했을 때, 운전을 하면서 몇 가지 배운 것들이 있습니다.

1. 우회전하는 차량이 있으면 속도를 줄이자.

당연한 거지만, 경험이 없는 저는 이것을 몸소 겪고 나서야 알게 되었습니다. 직진하던 중에 앞 차가 골목으로 우회전을 하려 했고, 속도를 줄이지 않은 저는 그대로 앞 차를 박을 뻔했어요.

2. 깜빡이를 켜지 않고 차선을 변경하는 차량도 있으니 항상 방어 운전을 하자.

운전하다 보니 생각 외로 교통법규를 지키지 않는 운전자들도 많았어요. 항상 다양한 상황의 위험 변수를 생각해서 최선의 방어 운전을 해야 하더군요. 그런 경우가 많지는 않지만, 깜빡이 없이 갑자기 끼어드는 차량 때문에 위험했던 적이 두세 번 있었어요. 깜짝 놀란 뒤부터는 주변을 경계하면서 운전하는 습관이 생겼습니다.

3. 방지 턱을 지나갈 때는 브레이크 조절로 부드럽게

방지 턱에 대해 별다른 생각이 없었던 저는 시속 50Km로 방지 턱을 넘어갔고 범퍼가 부서질 것 같은 큰 소리를 내면서 차가 잠시 붕~ 날았던 불쾌한 경험을 했습니다. 승차감을 위해, 그리고 차량을 위해서라도 이제는 방지 턱을 넘기 전에 브레이크로 항상 속도를 줄입니다.

별것 아니지만 날이 갈수록 하나씩 노하우가 생길 때마다 자연스럽게 운전에 대한 자신감이 쌓이기 시작했습니다. 긍정적인 감정도 많이 느꼈어요. 운전하는 것이 점점 처음보다 능숙해지면서 자신감이 생기고, 특히 운전할 때 자유로움이 느껴지면서 기분도 좋아지더라고요.

물론, 예상치 못한 상황에서는 흔들리기도 해요. 특히, 다른 차들이 나의 주행 라인을 갑자기 침범하거나, 앞 차가 갑자기 브레이크를 밟을 때면 깜짝 놀라기도 해요. 그래도 이제는 그런 상황에서도 침착하게 대처할 수 있게 되었어요. 앞으로도 더 많은 경험을 쌓아가며 운전의 즐거움을 느끼고 싶네요.

Part 3.

조금 더

자신감 있게

U턴의 딜레마

"운전을 시작하기 전, 저는 다른 운전자들이 U턴을 할 때 핸들을 파워풀하게 돌리며 자연스럽게 회전하는 모습이 참 멋있어 보였습니다. 보기와 다르게 직접 U턴을 할 때 저의 운전 자세는 제 상상과 다른 픽 멋없는 모습이었지만요. 아직 차의 폭 감과 회전 각이 익숙지 않아 차를 회전할 때 능숙하지 못하지만, 무식하면 용감하다는 말이 있듯이 저는 참 용감하게 말도 안 되는 곳에서 U턴을 시도했습니다. 그 결과는 5분을 줄이려다가 반나절을 반납해야 했죠. 그날을 생각하면 아직도 볼이 빨개지네요."

퇴근 후 집으로 돌아오는 길이다. 차들이 잘 다니지 않는 골목길. 나는 직진하다가 맞은편 편의점을 보고 반대 방향으로 가야 집으로 가는 방향인 걸 깨달았다. 차를 돌려 방향을 바꿔야 했다. U턴이 필요한 상황이다. 당연히 차를 돌릴 만한 장소를 찾아 U턴을 한다거나, 큰 도로가 나오면 U턴 신호를 받아 U턴을 하면 된다. 이건 일반적인 생각이다.

그러나 일반적이지 않은 초보인 나에게 그런 여유는 허용되지 않는다. 그런 아이디어조차 생각하지 못한 채 골목길 한쪽에서 비상 깜빡이를 켜고 생각에 잠긴다.

오로지 하나. '차를 어떻게 돌려야 할까' 골목길의 상황을 주시한다. 전방과 후방의 교통 상황. 차량의 교통량은 일 분에 한 대 정도 지나간다. 차들이 거의 없다. '그래, 타이밍을 보고 차들이 없을 때 여기서 차를 돌려서 방향을 바꾸자!' 좀 더 안전한 장소에서 U턴을 해야 했지만 사실 시간을 줄이고 싶은 욕심도 있었다.

감히 초보 주제에. 5분을 줄이려다가 다음 날 점심까지 고생하게 될 거라고는 상상도 못 한 채. U턴할 타이밍을 보고 있다. U턴을 해본 횟수는 아직 10번도 되지 않는다. 머릿속으로 주의해야 할 내용을 정리해 본다.

'1.핸들을 끝까지 돌린다. 2.천천히 U턴한다. 3.핸들을 천천히 다시 원위치로 돌린다.'

이제 모든 준비는 됐다. 골목의 앞뒤 좌우를 살핀다. 오고 있는 차량이 없다. 비상 깜빡이를 켠 채 핸들을 끝까지 돌렸다. 브레이크에서 발만 뗀 채로 저속으로 U턴을 시작했다. 그. 런. 데. 저 멀리서 불빛이보인다. 라이트 불빛이다. 차가 오고 있다.

아리 : 어. 어. 어. 어. 빨리. 빨리! 빨리!!

마음만 급해진다. 심장 소리는 이미 차 안에 가득 울려 퍼지기 시작했고, 손에는 땀이 나기 시작했다. 다행히 두 번째 주의 사항을 잊진않았다.

'천천히 U턴한다.'

맞은편에서 오고 있는 차량 때문에 긴장했지만 '천천히'를 놓치지 않고 계속 유턴 중이다.

그때. 생각지 못한 일이 생겼다. 차가 회전할 각도가 부족하다. 핸들을 끝까지 돌렸지만 내가 U턴을 하는 장소는 골·목·길. 차량을 한 번에돌리기에는 공간이 너무 부족한 곳이다. 내 차의 각도와 폭을 전혀 생각지 못한 당연한 결과였다.

이제 맞은편에서 보이던 불빛은 내 앞에 있다. 내 차의 상황을 기다리고 있는 중이다. 더 마음이 조급해졌다. 차가 앞에서 기다리고 있자 심장은 미친 듯이 뛰기 시작했다. 뒤로 후진해서 차를 조금 뒤로 뺀 다음에 다시 차를 돌려야 하는 상황이다. 그대로 앞으로 돌리다간 차를 보도블록에 박아 버릴 것이다.

아리 : 될⋯. 거⋯. 같은 데에~?

무슨 용기였을까. 감이라고는 전혀 없는 초보가. 살살 조금만 더 가면 한 번에 U턴을 할 수 있을 거라 생각했다. 살짝 긴가민가했지만, 왠지 통과할 수 있을 것 같다. 사실 앞에서 기다리고 있는 차량에 미안함과 부담감을 느꼈다고, 한마디로 '쫄았다'라고 말하는 게 더 솔직할 테지만.

쩍!! 쿠쿵!!

망했다. 뭔가를 부딪친 것 같다. 큰 소리와 함께 이미 이성도 같이 사라지고 없었다. 다른 운전자가 봤을 생각을 하니, 너무 창피하다. 그저 빨리 이 장소를 피하고만 싶다. 당장 이곳을 벗어나고 싶다. 오로지 그냥 그 한 가지 생각뿐이다. 액셀을 밟았다.

버어어어어어어억!

아까보다 더 큰 소리가 난다. 차는 드디어 U턴을 마쳤고 나는 도망치듯 그 골목길을 빠져나왔다. 내 앞에 있던 차가 날 얼마나 바보 같다고 생각할까? 너무 창피하다. 추운 날이었지만 볼이 달아오르는 걸 느낄 수 있었다. 되돌릴 수 없는 흑역사를 만들며, 지나간 창피함을 멀리한 채 다시 집으로 향하는 중이다.

ㅅㅅㅅㅅㅅㅅㅅ슥!

뭐지? 이 소름 끼치는 소리는. 칠판을 손톱으로 긁는 듯한. 양은 냄비를 수저로 긁는 듯한 다시는 듣고 싶지 않은 소리가 내 귀를 방해하고 있다. 불편한 소리와 함께 200m쯤 동행 중이었다. 두 번의 방지 턱을 넘고 이제 집에 다 와 갈 즈음. 차의 화면 모니터에 처음 보는 경고창이 번쩍였다.

'타이어 공기압이 낮습니다'

생전 처음 보는 경고창이다.

아리 : 공기압? 타이어? 집에 가서 주차한 뒤에 물어봐야겠다.

100m 앞에 집이 보인다. 조금만 더 가면 된다. 하지만 차는 내가 집에 가는 걸 허락해 주지 않았다. 내 의지와 다르게 서서히 속도가 줄기 시작한다.

ㄷㄷㄷㄷㄷㄷ득~~

소름이 돋기 시작했다. 처음 겪는 감촉이다. 발끝에서 느껴지는 이 공포스런 감촉은 마치 타이어 없이 날것의 쇠로 바닥을 밟으며 지나가는 것 같다. 불안한 마음에 친구 현지에게 전화를 건다.

아리 : 여보세요? 나… 아까 U턴하다가 살짝 부딪친 거 빼고는 없는데. 차에서 이상한 소리 나. 느낌도 좀 이상해. 차도 안 나가. 아! 그리고 이거 타이어 경고등 떴는데. 주말에 가서 공기압 확인하면 되는 건가?

현지 : 무슨 소리야. 절대 끌면 안 돼. 당장 세워!

아리 : 나 이제 집 다 와가~ 집에 가서 주차할 건데?

현지 : 안 돼. 당장 거기 세워! 내가 갈게. 잠시만 기다려.

전화를 끊고 나자 마음이 더 싱숭생숭해진다. 뭔가 큰일이 벌어진 건가? 멀리서 뛰어오는 한 사람이 보인다.

현지 : U턴하다가 타이어 찢어진 거 같은데. 타이어 찢어지면 무조건 주행하면 안 돼. 그러면 타이어의 바람이 다 빠지고 게다가 휠까지 망가질 수 있어. 그 자리에서 바로 보험 전화해서 타이어를 수리하든 견인을 하든 해야 해. 봐봐. 지금 타이어가 완전히 주저앉았잖아? 바람이 하나도 없네. 내가 볼 땐 찢어진 거 같은데?

아리 : 엥? 그럼 이제 어떻게 되는 거야? 나 차 못 끌어?

난 아직 사태 파악이 안 됐다. 저게 그렇게 당장 주행이 안 되는 정도인가? 현지는 나에게 다시 설명해 주었고 우리는 자동차보험을 불러서 타이어 펑크 긴급 출동 접수를 했다.

보험출동기사 : 안녕하세요. 이 차량인가요? 한번 볼게요. 흠…. 이거는 타이어의 옆이 완전히 찢어졌네요. 타이어 교체밖에 방법이 없습니다. 견인을 하셔야 할 것 같네요. 가시려는 카센터를 알려 주시면 목적지까지 견인하겠습니다.

시간은 어느덧 저녁 7시 반을 넘어서고 있을 때였다. 인터넷을 검색해 주변의 모든 카센터에 전화했지만, 영업 마감 시간이거나 타이어 재고가 없는 곳뿐이었다. 어쩔 수 없이 나는 다음 날 아침 제일 이른 시간으로 카센터를 예약했다.

아리 : 지금은 카센터 갈 수 있는 곳이 없어서…. 이곳에 세워놓고 내일 아침에 다시 견인해야 할 것 같아요.

견인 기사는 떠났고 나는 서둘러 회사에 전화했다.

아리 : 저 아리인데요…. 제가…. 음. 차를 U턴하다가…. 타이어가…. 찢어져서….

휴. 심호흡했다. 운전 시작하자마자 사고를 치다니 얼마나 바보 같은 실수인가.

아리 : 시간이 늦어서 내일 아침에 차를 고치고 출근해야 해요. 출근이 좀 늦어질 것 같습니다….

모든 일 처리를 마치고, 집으로 걸어오는 길 내내 현지한테 혼나야 했다. 왜 U턴을 한 번에 할 생각을 했는지, 왜 앞에 마주 오는 차에 긴장해서 자기 차를 연석에 박아 버렸는지, 왜 타이어에 이상이 있는데도 굳이 주행을 이어갔는지, 그리고 왜 그곳에서 U턴을 했는지.

다음 날 아침.

견인차가 왔다. 내 차는 출고된 지 한 달 만에 견인되었고 타이어를 교체해야만 했다. 그 와중에 견인차가 신기한 나는 그 현장을 생생하게 기억하고 싶어 사진을 찍었다. 이 순간을 기억하자. 실수도 또 다른 성장이라 믿기에.

나는 5분을 아끼려다가 반나절을 날렸다. 욕심은 또 다른 화를 부른다는 것을 운전을 통해서도 배우게 되다니. 앞으로 항상 꾀부리지 말고 겸손하게 운전하자.

초보 운전, 서툴지만 나아지고 있어

혼돈의 교차로

"하루에도 몇 번이나 마주하는 교차로지만, 교통이 혼잡한 교차로를 지날 때면 머리카락이 쭈뼛 섭니다. 여러 방향에서 오가는 차들과 보행자들, 특히 초록 불에 교차로에 진입했지만 교통 체증으로 도로 중간에서 신호가 바뀌어 버릴 때면 심장이 콩닥콩닥 어찌할 바를 모릅니다. 지금은 조오금 익숙해져서 괜찮지만, 처음에는 정말 혼돈 그 자체였습니다."

길거리에 비치는 노란 빛들이 6시에 다가왔다는 것을 알려 주고 있다. 나는 지금 시속 5km로 퇴근 중이다. 차가 걸음마를 하듯, 느리게 앞으로 나아가고 있다. 차선 하나씩 길게 늘어선 차들은 끝없이 연결된

기차를 보는 듯하다. 꽉 막힌 교통 체증으로 인해 차선을 옮길 때마다 몸살이 날 것 같다.

끝없이 이어지는 차량 사이에 내가 있다. 도로변 상가 건물 유리문 너머로 보이는 몇몇 사람들은 벌써 집으로 향하는 발걸음을 재촉하고 있다. 나도 빨리 집에 가고 싶다. 이제 집에 가서 푹 쉬면서 바삭바삭한 치킨을 먹으며 편안한 저녁 시간을 즐기기만 하면 된다.

하지만 아직 멀었다. 저 멀리 교차로에 신호등이 보인다. 나는 그저 내 신호가 되기를 기다리고 있다. 초록 불이 켜졌다. 다른 방향에서 오는 차들을 살핀다. 이제 직진하면 된다. 서서히 이동하는 차들이 마치 바다에서 천천히 움직이는 조개들 같다. 교차로는 뒤얽힌 실처럼 서로 얽혀있는 차량으로 가득하다. 빨리 가라는 듯 뒤에서 빵빵거리는 경적이 들린다. 그러나 난 혼란에 빠졌다.

아리 : 가? 말아? 가? 아 어쩌지.

동료 : 그냥 가서야 할 것 같은데요.

옆에 있는 동료가 말했다. 난 지금 초록 불이지만 차들이 꽉 막혀 있는 교차로에 진입할까, 기다릴까 갈팡질팡 고민하고 있다. 그 순간 뒤에서 경적이 들렸다. 뒤차 운전자의 짜증 섞인 경적이 울린다.

빵빵!

경적이 더 커진다. 울려 퍼지는 경적에 귀가 먹먹해진다. 난 다시 천천히 액셀을 밟는다. 조금만 더 가면 된다. 거의 다 왔다. 아직 교차로인데 신호등의 초록 불이 주황 불로 바뀌었다. 차들은 느려지더니 이내 멈췄다.

나는…. 움. 직. 일. 수. 없. 다. 이미 내 차로는 마비 상태다. 난 아직 교차로를 지나지 못했다. 신호가 바뀌었지만, 여전히 꽉 막혀 있다. 내 차는 교차로 정중앙 횡단보도 가운데에 멈춰있다.

아리 : 망했어. 망했어. 망했어. 이제 어떡해. 가지 말 걸 그랬어. 으악 어쩌면 좋아.

옆에 동료를 쳐다봤다. 본인도 적잖이 당황한 기색이다. 나도 모르게 욕이 튀어나온다. 꿀꺽 삼킨다. 교차로에 진입한 나 자신이 원망스럽다. 망했다. 숨이 턱 막힌다. 그리고 보행자 신호가 이내 초록 불로 바뀌었다. 나는 브레이크를 꾹 밟는다. 불안함이 엄습한다. 차는 어정쩡하게 멈춰 섰다. 사거리 횡단보도 가운데…. 멈춰선 나에게 모든 사람의 눈총이 박힌다. 온몸에 식은땀이 흐른다. 운전대를 꽉 잡은 손에선 땀이 뚝뚝 떨어진다.

나는 분명 초록 불에 진입했는데…. 하지만 후회해도 이미 늦었다.

마음속으로 주문을 외운다. 아무 일 없을 거야. 그래, 괜찮을 거야. 괜찮다…. 하지만 지금 이대로 시간이 멈춘 것 같다. 보행자들이 길을 건너기 시작한다…. 모든 사람이 날 쳐다보는 것 같다. 날 바라보는 시선이 느껴진다. 사거리의 차들이 날 보며 '바보'라고 놀리는 것 같다. 앞뒤 왼쪽, 오른쪽, 모든 시선이 부담된다. 횡단보도 가운데 멈춰버린 나는 죄인처럼. 고개를. 숙인다. 창피하다. 방법이 없다. 이제 어떻게 해야 하지?

하지만 난 아무것도 할 수 없다…. 제발 이 순간이 빨리 지나가기를 간절히 바랄 뿐이다. 혹시라도 발에 힘이 풀려 브레이크를 놓쳐, 차가 조금이라도 움직일까 봐 무섭다. 발에 쥐가 나도록 브레이크를 세게 밟고 있었다. 보행자들은 점점 늘어나고 내. 차. 앞. 뒤. 로. 걸어간다. 나는 도저히 눈을 마주칠 수가 없다. 비상 깜빡이를 누른다. 초록 불로 바뀔 때까지 기다리는 동안 차를 버리고 그 자리에서 사라지고 싶다. 인생의 절반이란 세월이 지나간 듯했지만, 고작 몇 초였다.

드디어 횡단보도에 카운트다운이 보인다. 20초. 19초. 18초. 17초…. 사거리 모든 차들과 보행자들이 나를 따. 갑. 게 쳐다보는 기분이 든다. 보행자 신호 초록 불이 드디어! 3초. 2초. 1초…. 이제 신호가 바뀌겠구나…. 그때! 갑자기 멀리서 한 여성이 나를 향해 돌진한다. 빨리 그 상황을 벗어나고 싶어 액셀을 밟으려던 찰나였다.

동료 : 사람! 사람! 사람!

옆의 동료도 놀란 모양이다. 다행히 차는 계속 멈춰 있었고. 보행자 신호는 빨간불이었지만 그 여성은 무사히 횡단보도를 건넜다. 내 차 안의 눈이 4개라서 감사한 순간이었다. 어느새 신호등이 초록 불로 바뀌었다. 드디어 그 혼잡한 미로를 빠져나올 수 있었다.

안전하게 집으로 돌아갈 수 있음에 감사하다. 길을 건너는 모든 사람의 시선을 받았지만, 시련은 지나갔다. 이 또한 경험이 되리라. 오늘 하루 수고했다고 스스로 위로하며 집으로 향한다.

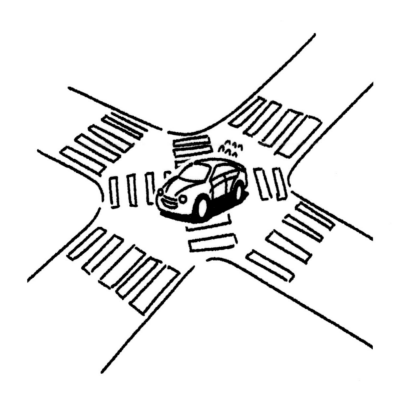

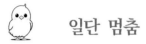 # 일단 멈춤

"운전을 시작하게 되고 좋은 점 중 하나는 짐을 옮기기가 쉬워졌다는 거예요. 대중교통을 이용해 이동할 때는 짐이 크거나 무거우면 부담이 되곤 했는데, 운전을 시작한 후부터는 짐의 크기와 무게에 대한 부담이 사라졌어요. 저는 종종 지인들에게 선물을 하곤 하는데, 자가용을 이용하게 된 후부터는 더욱 즐거운 마음으로 선물을 할 수 있게 되어 정말 기뻤어요. 온전한 선물을 전달하기 위해서는 아직 더 운전 실력을 키워야 하지만, 두세 달 전의 제 모습과 비교해보면 가히 큰 성장이라 할 수 있어요."

끝이 없을 것 같던 더위가 가고, 가을이 됐다. 집에는 과일 한 상자가 나를 기다리고 있었다. 엄마가 보낸 선물이었다. 집에 도착하자마자, 상자를 열어 한입 가득 가을을 맛본다. 맛있는 것 먹을 때가 세상에서 가장 행복하다지. 행복해지니 너그러운 사람이 된다. 어디 보자. 아! 과일 좋아하는 동료가 있는데 내일 회사에 가져가야겠다! 과일들을 쇼핑백에 예쁘게 담는다. 차가 있으니 좋다. 무거워도 거리가 멀어도 전혀 걱정이 없다.

훗. 나는 착한 사람이군. 차가 있으니 참 착해지기 쉽다. 예전이었으면 버스 두세 개를 갈아타고 꼬박 2시간을 채워야 하는 통근 시간이었다. 왕복? 아니 편도만 2시간이다. 콩나물처럼 승객들 사이에 끼인 채로 버스에 타는데 쇼핑백이라니? 아니 무거운 과일이라니? 무슨 말 같지도 않은 소리. 그저 내 몸뚱아리 하나 버스에 실어 이리 쏠리고 저리 쏠리면서 출근과 동시에 퇴근을 기다리는 여자 사람 인간일 뿐이었다. 지금의 내 모습과 과거를 비교해보니 뿌듯해서 자아에 취한다.

다음 날.

평소보다 더 가벼운 발걸음으로 차에 타 출근길에 오른다. 자 이제 회사로 가볼까. 차에 탔을 땐 분명 나 자신이 자랑스러웠는데…. 시동을 켜자마자. 다시 또 긴장한다. 지옥행 티켓을 산 거처럼 뭔가 두렵다. 다시. 심호흡한다. 그래. 나는 운전하는. 아니 여유롭게 운전하는 그런 사람이라고 나 자신을 세뇌한다. 나는 마음도 여유롭고 친절하고 운전도 잘하는 그런 사람이다. 세뇌 완료. 가자. 출발.

출근길은 차로 1시간에서 1시간 15분 즈음 걸린다. 수많은 교차로와 신호등. 가다, 서다, 가다, 서기를 반복한다. 며칠 전 너튜브에서 열심히 찾아봤다. '브레이크 부드럽게 밟는 법, 액셀 부드럽게 밟는 법' 머리로는 잘 안다. 몸이 몰라서 그렇지. 브레이크를 천천히 나눠서 조금씩 미리 밟으라고 배웠다. 따라가던 앞에 차가 멈췄다. 훗. 나도 따라서 멈춰야지. 천천히. 나눠서. 조금씩. 오케이. 천천히~ 브레이크를 밟는다. 어? 차가 멈추질 않는다. 너무 약하게 밟은 건가. 앞 차가 점점 가까워진다. 이게 아닌가? 그럼 뭐. 더 세게 밟아야. 훅! 세게 밟으니까 차가 잘 멈춘다.

순간 몸이 덜컹한다. 가방이 제자리를 못 찾고 의자 밑으로 떨어진다. 경험이지 뭐. 다음번에는 조금 더 부드럽게 브레이크를 밟아봐야지. 또다시 신호에 앞 차가 멈춰 선다. 앞 차의 브레이크 등이 들어올 때 나도 미리 브레이크를 밟는다. 하… 그런데 겁 많은 나의 발은 브레이크를 아주 찔끔 밟는다. 어디서 어설프게 본 건 많아서. 브레이크를 세게 밟으면 '끼이이이익~!!!' 하는 소리와 함께 TV에서 본 타이어 자국을 남기고 급정거를 한 채 주변의 모든 차들이 나를 쳐다볼 것 같은 걱정이 든다. 찔끔. 찔끔. 또다시 찔끔 밟다가 앞 차와의 거리가 더 좁혀오자 훅!!! 세게 밟았다.

이번에는 차 안에서 뭐가 굴러가는 소리가 들린다. 갑자기 머릿속에 무언가 스치고 지나갔다. 불안한 느낌과 함께 뒤를 돌아본다. 뒷좌석 쇼핑백에 넣어놨던 홍시가 한층 가까워졌다. 발그레한 홍시들이 쇼핑백

밖으로 뛰쳐나와 인사하고 있다. 괜찮아. 홍시 두세 개만 떨어졌을 뿐이야. 이미 엎질러진 물. 다시 운전에 집중한다.

출발. 브레이크. 다시 출발. 브레이크. 세상 우아하게 부드럽게. 나는 발레하는 백조라고 상상하며 브레이크를 밟는다. 발끝에 남아 있는 모든 감각을 세워서 집중하고 있을 때였다! 브레이크를 밟을 때마다 뒤에서 쿵 쿵 뭐가 하나씩 굴러간다. 차 안은 달콤한 가을 향기로 가득 찼다.

어느덧 회사에 도착했다. 뒷좌석에 있는 홍시들의 안녕을 살핀다. 하나, 둘, 셋. 어디에 숨은 건지 안 보이는 놈도 있다. 조수석 의자 밑에 숨어 있는 놈을 잡았다. 상태가 좋지 않아 바로 구급 실에 가야 하는 홍시들도 있었다. 여기저기 타박상이 장난 아니다. 처참했다. 차 매트는 홍시들의 눈물로 젖어 있었다. 선물해야 하는데…. 멀쩡하게 살아남은 홍시들이 별로 없다.

뭐, 그래. 마음이 중요한 거지. 비록 다쳤지만, 아직 살아 있는 홍시들을 최대한 찾아 쇼핑백에 다시 담는다. 쇼핑백에 담긴 홍시들의 눈물 때문일까? 쇼핑백도 조금씩 젖고 있었다. 그래도 아직 형태는 홍시인 걸 알아볼 수 있을 테다.

아리 : 안녕하세요~! 좋은 아침입니다~. 아! 태준 씨 이거 선물이요.

태준 : 오~ 이거 뭐예요?

동료 태준이 반짝이는 눈빛으로 쇼핑백을 바라본다. 쇼핑백을 열어 본 뒤 고개를 살짝 갸우뚱하더니 커진 눈동자로 말없이 다시 나를 쳐다본다.

아리 : 홍. 시.

터진 홍시를 생각하면 조금 당황스럽지만. 뭐, 마음이 중요한 거니까. 씨익 웃으며 말했다.

아리 : 오는 길에 조금 다쳤지만, 맛있어요. 많이 드세요~! 또 가져다 드릴게요.

태준 : 홍시들이 많이 아프네요. 잘 먹을게요. 하하.

기쁨은 나누면 두 배가 된다고 한다. 뭐 어쨌든 차 덕분에 선물도 실어 나를 수 있고 행복하다. 차로 인해 내 삶이 조금 더 아름다워진 것 같다. 마음의 여유와 함께.

아직 브레이크와 친해지진 못했지만, 하다 보면 언젠가 건강한 홍시를 선물할 수 있는 날이 올 거라 믿는다.

그건 그렇고 차 매트랑 의자랑 다 닦아야 하는데…. 언제 하지….

운전 3달 차의 소감

초보 운전, 서툴지만 나아지고 있어

운전대를 잡은 순간, 이제부터 모든 책임과 위험을 안고 서라도 앞으로 나아가야만 했습니다.

도대체 언제쯤 운전에 익숙해질까? 고민하는 동안 벌써 3개월이 지나갔습니다. 매일같이 운전과 친해지려 노력하는 중이에요. 이제는 아침에 일어났을 때 운전을 해야 한다는 부담감과 압박감은 사라졌어요. 하지만 비 오는 날이나 밤, 그리고 초행길이면 조금 긴장이 되곤 합니다. 기본적인 주행은 많이 안정되었습니다. 교통 체계와 도로 상황도 예전과 비교해 많이 적응하였어요.

저는 운전을 시작한 지 얼마 안 된 초반에 '드라이브'라는 단어는 왜 있는지 공감할 수가 없었어요. 운전하는 것이 전혀 즐겁지 않았기 때문이죠. 날씨 좋은 날 음악과 함께 멋진 풍경을 즐기며 하는 드라이브. 과연 이런 것이 이 세상에 존재하는 것인지 의구심이 들었죠. '운전을 즐.긴.다' 라는 말이 정말 존재할까요? 운전 자체가 저에게는 너무나도 스트레스였기 때문에, 저도 정말 남들처럼 '드라이브'라는 단어를 사용할 수 있을 날이 올까? 하는 생각이었어요.

그러나, 드디어 이젠 저도 가끔은 '드라이브'라는 것을 즐길 수 있게 되었습니다. 초보 운전자가 드라이브를 즐기는 과정이 마냥 쉽지만은 않았어요. 많은 용기가 필요했습니다. 비록 매 순간 돌발 상황의 연속이었지만, 좋은 사람들과 아름다운 추억을 만들 수 있었습니다.

Part 4.

새로운

세상을 만나다

여긴 어디 나는 누구 (1)

"드디어 첫 드라이브입니다. 꼭 운전해야만 하는 상황이 아닌, 제 의지로 운전을 즐. 기. 기 위해서 떠나는 첫 드라이브였습니다. 그저 운전하는 과정 자체를 즐기는 근교 여행이었죠. 따사로운 햇살을 맞으며 행복한 웃음소리로 가득한 차. 얼굴을 스치는 시원한 바람과 즐거운 음악. 그 차를 운전하는 여유로운 표정의 운전자. 그리고 멋진 자연 경치와 부드러운 주행. 제가 상상하는 드라이브의 모습입니다. 과연 저는 첫 드라이브 여행을 무사히 잘 마쳤을까요?"

한가로운 주말 오후다. 휴대폰이 울린다. 폰 화면에는 미소 지은 중년 여성의 사진과 함께 전화번호가 보인다. 엄마였다.

아리 : 네, 엄마~~~

엄마 : 뭐 하니…?

아리 : 그냥 있어요. 왜요?

엄마 : 오늘 시간 돼…? 엄마 오늘 기분이 좀 그런데…. 우리 바람 쐬러 갈까?

아리 : 네~ 준비하고 계세요. 30분 후 모시러 갈게요. 가고 싶은 곳 생각해봐요~.

일단 질러버렸다. 엄마의 목소리가 힘이 없었기 때문에 거절할 수가 없었다. '나 운전 잘 못해요. 우리 버스 타고 갈까?' 하기가 싫었다. 편안하고 아름다운 드라이브를 제공해 행복을 선물하고 싶었다. 잠을 자도 꿈에 나올 정도로 출퇴근 길은 달달 외웠지만, 드라이브를 목적으로 누군가를 태우고 초행길을 가는 건 처음이다. 운전할 생각을 하니 마음이 복잡해진다. 설렘과 걱정, 긴장, 불안함…. 하지만 되돌릴 수 없다. 이미 약속은 정해졌다. 그래. 일단 시도하는 거야. 서둘러 준비를 하고 엄마네로 출발했다.

엄마 : 딸~!!!

아리 : 엄마 타세요~. 어디 가고 싶어요?

엄마 : 월미도 가자~. 예전부터 매번 갔던 곳이지만 항상 그곳에 가면 마음이 편안해지더라.

주말에 월미도는 항상 사람으로 붐빈다. 월미도 공원과 월미도 테마파크, 유람선, 넓은 광장에는 항상 차들과 사람들로 가득 찬다.

'잠시만, 지금 나보고 거길 가자고요? 네에? 저기요?'
부드럽게 장소를 바꿔보자.

아리 : 엄마, 월미도 또 가? 우리 다른 곳 갈까요~?

엄마 : 월미도, 월미도 가자. 딸~.

어릴 적 인천에 살았던 우리에게 월미도는 아주 익숙한 장소다. 어릴 적의 많은 추억이 월미도 바다에 담겨 있다. 그래서 엄마는 월미도 바다를 보고 싶으셨나 보다.

아리 : 음⋯ 네 그래요⋯. 가요!

떨리는 손가락으로 내비게이션을 켠다. 모의 주행 모드로 빠르게 길을 스캔한다. 미리 길을 본다 해도 달라질 게 없는 주행 실력이란 걸

알지만, 지푸라기라도 잡아보는 심정으로 눈을 크게 뜨고 집중한다. 절대로 완벽하게 준비가 될 리 없다. 일단 출발하자.

아리 : 엄마~ 딸이 운전하는 차 타니까 어때?

엄마 : 그러게 말이야. 이런 날을 엄마가 얼마나 기다려왔는데. 이제 딸이 운전도 하니까 앞으로 우리 데이트 많이 갈 수 있겠다~. 엄마 친구 중에 운전하는 애가 있는데 어찌나 자유로워 보이던지. 부럽더라. 그런데 엄마는 너도 알다시피 심장이 약해서 운전을 하지 않잖니. 이제 네가 엄마의 발이 되어 줄 수 있겠다. 살다 보니 이런 날도 오네~?

아무것도 하지 않는데 효녀가 된 기분이다. 단지 운전을 시작했다는 이유만으로 엄마를 행복하게 해줄 수 있다는 게. 행복은 거창한 것이 아니라 이런 소소한 일상을 나누는 것인데 왜 먼 곳에서 찾았을까. 사랑하는 사람들이 나로 인해 편해지고 즐거워하니 덩달아 내 기분도 좋아진다. 엄마는 이런저런 소소한 얘기들을 이어 나가신다.

엄마 : 저번에는 있잖아~~, 내가 이번에 말이야~~~, 아 참 이거는 말이야~.

하지만 내 능력은 여기까지였다. 아직 운전하면서 동시에 대화를 듣고, 자연스럽게 대화를 이어 가는 것은 무리다. 나는 몸의 모든 세포를 깨워내 집중해서 전방주시, 그리고 간간이 룸미러와 사이드미러로 도로

뒤의 상황과 옆 차들 확인, 또 내비게이션으로 미리 갈 길의 방향과 차선을 확인해야 한다.

아리 : 아~! 정말? 오~, 응, 네, 맞아요~.

간단한 대답들로 대화가 끊기지 않게 맞장구를 친다. 사실 어떤 대화였는지는 잘 모른다. 운전 중이라 대화할 수 없다고 아직은 멀티가 안 되는 실력이라고 말해야 했지만 늠름하게 운전하는 모습을 보이고 싶어서였을까? 다행히 내 대답들 덕분에 엄마는 차 안에서 편안한 자세로 대화에 집중했다. 내가 길을 잘못 가고 있다는 사실을 전혀 모른 채.

우리의 목적지는 월미도지만 우리는 지금 송도에 있다. 어디서부터 잘못된 것일까? 고작 차선 하나를 잘못 탔을 뿐인데 터널 하나를 지나오는 중이다. 나는 내비게이션에 완전히 의지하고 있다. 500m 뒤 우회전이라고 화면에 표시돼 있다. 왕복 8차선 도로다. 미리 우회전할 준비를 한다. 하나씩 하나씩 우회전을 위한 차선 변경을 했다. 100m 뒤 우회전이다. 이제 곧 우회전하면 된다.

그때였다.

갑자기 내비게이션이 교통 정보를 반영하여 경로를 바꿨다. 나는 지금 왕복 8차선 도로의 가장 오른쪽 끝 차선에 있는데, 100m를 남겨놓고 좌회전을 하라고 지시한다. 가장 왼쪽 차선으로 지금 당장 옮겨야 하는 거다. 불·가·능. 초보운전자에게 어떻게 그런 무자비한 지시를 할 수가 있는 건지. 사실 어떤 상황인지도 잘 모른다. 왜 방향이 갑자기 바뀐 건지 내가 어느 길을 잘못 진입한 것인지, 그저 최대한 내비게이션에 비슷하게 주행할 뿐이다.

가다 보니 이번에는 갑자기 내비게이션이 U턴을 하라고 한다. 아마 내가 길을 잘못 든 것이 분명하다. 하지만 초보 운전자는 자기가 뭘 잘못한지 모른다. 그래서 초보다. 이어서 우회전하라고 지시했다가 갑자기 또 교통 정보를 반영하여 좌회전하라고 하다가, 다시 직진하라고 변덕을 부린다.

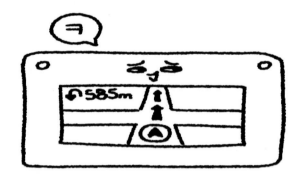

나는 평소에도 타고난 길치여서 걸어 다닐 때조차 초행길은 지도 앱의 실시간 방향 GPS를 켜고 다닌다. 나에게 운전할 때 내비게이션은 대머리에게 가발 같은 존재이다. 혼자 끙끙대고 있을 때 엄마가 눈치를 채신 것 같다.

엄마 : 왜 이렇게 오래 걸려~~?

아리 : 길이 좀 막혀서 그래요.

애써 태연한 척 당황한 얼굴을 돌린다. 눈동자는 갈피를 잃었다. 제발 해가 지기 전에는 도착했으면 좋겠다. 40분이면 도착하는 거리를 1시간 20분째 달리는 중이다. 마음속으로 '도와주세요!!' 하는 울림을 하늘이 들은 것일까. 드디어 10분 뒤면 목적지에 도착이다. 눈앞에 낯익은 풍경이 보인다. 내가. 내 손으로. 직접 운전해서. 월미도에 무사히. 안전하게. 도착했다니. 감격의 순간이다.

아리 : 도오착~!!

엄마 : 아이구, 내 딸~ 고생했다.

따뜻한 햇살 아래에서 우리는 함께 바다를 바라보며 걷기 시작했다. 파도가 부서지는 소리와 함께 바람이 부니, 시원한 바닷물 냄새도 느껴진다. 도란도란 어릴 적 추억 얘기를 시작하며 끝없이 이야기를 나눴다.

그곳에 도착하기까지 느꼈던 긴장감은 나도 모르는 사이 행복감과 성취감으로 바뀌어 있었다. 마치 처음으로 올라가는 높은 산의 정상을 향해 오르는 길처럼 처음에는 긴장감과 불안감이 함께하며 막연한 두려움이 떠오르지만, 도착했을 때의 행복감과 성취감은 그 어떤 것과도 비교할 수 없다.

우리의 삶도 마찬가지다. 목표를 향해 나아가는 길은 어려움과 고통이 함께하지만, 그 목표에 도달했을 때의 보람은 그 어떤 것과도 바꿀 수 없는 값진 것이다. 이렇게 나는 어제보다 한걸음 성장한 기분을 느끼며 엄마와 함께 다시 집으로 향했다.

여긴 어디 나는 누구 (2)

"무사히 첫 드라이브 여행을 마치고 조금은 자신감이 생겼습니다. 이젠 휴일이 되면 '어디론가 드라이브를 가볼까?' 하는 생각도 들곤 합니다. 익숙하지 않은 지역의 도로를 달리는 기분이 영 싫지만은 않더라고요. 새로움에 대한 설렘과 안전하게 운전을 마쳤을 때의 성취감은 정말 달콤한 보상이었습니다.

제게는 운전을 처음 시작했을 때 했던 약속이 있습니다. 저는 드디어 그 약속을 지키게 되었습니다. 물론 약속을 지키는 과정이 순탄치는 않았어요. 역시나 주행 중에 생각지 못한 상황에 마주했지만, 한층 더 성장하는 계기가 되었습니다."

운전을 시작하고 좋은 점 중 하나는 드라이브를 즐길 수 있게 된 것이다. 이제는 날씨가 좋을 때면 내가 가고 싶은 곳으로 아무 때나 떠날 수 있다. 주말 아침 하늘은 넓고 청명하게 펼쳐져 있었다. 하늘은 맑고 맑아서 마치 손을 뻗으면 하늘까지 닿을 것 같다.

이 좋은 날. 어찌 집에만 있을 수 있을까.

언니 : 여보세요~?

아리 : 언니, 우리 바다 가자.

언니 : 오, 정말? 지금? 드디어?!

운전을 시작하고 나는 언니에게 기본 주행이 조금 익숙해질 때면 꼭 함께 드라이브를 가자고 약속했다. 그때의 나는 미래의 멋진 드라이버를 상상했겠지. 사실 우리의 계획은 운전 시작 후 1년 뒤 바다 여행을 가는 것이었지만, 장거리가 아닌 1시간 거리의 드라이브 정도야. 이젠 갈 수 있을 듯싶었다. 내가 사랑하는 사람들에게 아름다운 경치와 좋은 시간을 선물해 줄 수 있다는 것. 정말 축복 아닐까? 전화를 끊고 행복에 젖어 나풀나풀 걸어가 차에 탔다.

이런. 또 시작이다. 운전석에 앉으니 아까의 세상 다 가진 것 같은 나의 표정은 다시 레벨 1 초보 운전자의 긴장한 표정으로 돌아왔다.

'초.행.길'이네…. 길도 모르고, 주말이라 차도 많을 텐데. 급하게 내비게이션을 켜고 모의 주행 모드를 본다. 가는 길은 대충 익혔다. 길도 문제지만 주행도 문제고 주차도 문제고…. '아 참! 주차!' 즉시 휴대폰으로 인터넷에 '주차장 넓은 카페'를 검색한다. 이제 모든 준비가 끝났다. 언제나 그랬듯이 깊게 심호흡한다.

'안전띠, 사이드브레이크, 사이드미러, 룸미러, 체크 완료. 출발~!'

사실 언니를 픽업하기까지, 길을 한 번 잘못 가서 어린이보호구역에서 뺑뺑 돌았다. 시속 30km 미만. 그리고 한 블록마다 있는 신호등. 주말이라 그런지. 아이들 한 명 보이지 않았지만. 무조건 신호 준수. 날씨가 좋아서 그런가. 길을 잘못 들어도 그저 행복하다. 멀리서 한 여성이 보인다. 그녀의 얼굴은 봄이 깨어나듯 밝고 환한 기운으로 가득 차 있었다.

언니 : 아리가 운전하는 날이 오다니! 내가 아리 차를 타다니! 우리가 바다에 가다니! 하, 얼마나 감격스러운 날이야! 이제 운전할 수 있어? 그런데 살아 돌아올 수 있는 거 맞지? 우리 가서 뭐 할까?

아리 : 언니, 한 번에 한 가지씩 물어봐. 아, 그리고 운전 중엔 대답 잘 못해. 하하하. 타.

우리의 화창한 주말 오전 드라이브를 응원하듯 햇살이 따사롭게 안아

주고 있다. 어느덧 고속도로를 진입해 목적지로 가는 중이다. 인천대교 위를 달리고 있다. 깨끗하고 맑은 하늘색의 넓은 바다가 그 앞에 펼쳐졌다. 햇살이 바다 위에서 춤을 추며 빛난다.

언니 : 와~! 이쁘다. 날씨 좋다. 바다 빛나는 것 좀 봐. 한번 봐봐. 경치 정말 좋다.

아리 : 이뻐~? 대충 파란 거는 보이는데. 운전하면서 다른 곳은 잘 못 봐. 도착하면 볼게. 큭.

넓고 탁 트인 대교를 지나 작은 도로로 진입하기 시작했다. 딱히 신호가 없는 골목길 하나가 보였다. 차들이 옹기종기 모여 있다. 신호가 없어서 눈치껏 서로 끼어들어 합류하고 있다.

첫 번째 고비다. 눈. 치. 껏이라니…. 초보자에게 가장 어려운 게 '눈치껏, 알아서, 대충, 감으로' 아닌가? 깜빡이를 켜고 앞에 차를 따라갔다. 엄마 손 잡고 걸어가는 아이처럼. 조금씩 앞으로. 불안하고 낯선 길을 나아가는 내내, 누군가의 앞선 모습을 따라가는 것은 안정감을 준다. 내 얼굴보다 큰 '초보 운전' 스티커를 붙여서일까. 다행히 배려해 주신 운전자분들 덕에 무리 없이 합류할 수 있었다.

길은 굽이굽이 계속 이어져 갔다. 길을 지날 때마다, 눈앞에는 환상적인 풍경이 펼쳐졌다. 나무들이 한 줄로 늘어서 있고, 그 사이로 바람이 분다. 마치 각기 다른 성격과 생각을 하는 사람들이 모여 하나의 길을 이루는 것과 같이, 나무들은 서로 다른 색깔과 형태를 가지고 있다.

"잠시 후 목적지 도착입니다."

반가운 내비게이션 알림음이 들린다. 저 멀리 카페가 보인다. 이제 주차장에 차를 주차한 뒤 바다를 마주한 채 향긋한 커피를 즐길 일만 남았다. 앞으로 일어날 일은 모른 채. 어떤 커피를 고르면 좋을지 행복한 고민을 한다.

이제 정말 다 왔다. 드디어 주차장에 도착했다. 그러나 주차장에 도착한 순간… 무언가 잘못되었다는 것을 깨달았다. 그 누가 말했던가. 운전은 '멀티스포츠'라고. 주행도 하고. 눈치도 있고. 길도 알아야 하는 건 기본이고 순발력과 센스와 방향감각을 겸비해야 하는 멀티스포츠라는 말…. 반면에 나는 타고난 길치이기 때문에 미리 내비게이션으로 길을 익혀야만 했고, 바다도 보지 못한 채 정신을 집중해 겨우 주행을 마쳤다. 비록 눈치는 없었지만, 다행히 골목길 합류도 무사히 끝냈고 다 됐다고 생각했는데. 이건 생각지도 못한 변수다.

아리 : 입구가……… 어느 쪽이지!?!?!?!?!

주차장의 입구가 따로 표시되어 있지 않았다. 정답은 50% 확률이다. 편도 1차로의 오른쪽에 두 개의 입구가 나란히 있다. 눈동자를 빠르게 굴렸다. 하지만 도저히 모르겠다. 두 개의 입구 모두 주차 차단기가 내려져 있다. 당황한 건 언니도 마찬가지였다. 언니에게 불쌍한 눈동자로 SOS 요청을 했다.

언니 : 나~? 나도 모르겠는데??? 도대체 어느 쪽이지???

더는 지체할 시간이 없다. 뒤에서는 차가 오고 있다. 그래, 둘 중 하나니까. 일단 첫 번째 입구로 들어가자. 첫 번째 입구로 들어간 뒤에, 아니면 두 번째 입구로 들어가면 된다. 뒤에 차가 오고 있어서 중간에 멈춰서 고민하고 있을 수 없다. 자연스럽게 첫 번째 입구로 들어간다.

그. 러. 나 아무 일도 일어나지 않는다. 원래대로라면 주차 차단기가 열려야 하는데. 아무런. 동작도. 하질. 않는다. 그래, 늦을 수도 있지. 조금만 더 기다려보자. 조금 더 기다리면 주차 차단기가 올라가겠지. 그러나. 아무. 일도. 일어나질. 않는다.

아리 : 언니! 이거는 출구고 저게 입구였나 봐. 아씨! 별게 다 어려워.

심장이 다시 빨리 뛰기 시작했다. 그 자리에 계속 멈춰 있다간 주차장에서 출차하는 차의 입구를 막은 채 정면으로 눈싸움을 해야 한다. 더 상황이 꼬이기 전에 빨리 차를 빼야만 한다! 그. 런. 데. 내 뒤는 차가 쌩쌩 달리는 도로이다. 무작정 후진할 수도 없는 노릇이다. 왜 자꾸 생각지 못한 어려움이 생기는 걸까. 지금 생각나는 건 단 하나. 당황할 땐 무엇? 비. 상. 깜. 빡. 이. 비상 깜빡이를 누르고 후진할 타이밍을 엿본다. 이제 가도 되겠다 생각하려 할 때마다 차가 한 대씩 온다. 다시 포기. 온 집중을 다 해 도로의 상황을 주시한다.

아리 : 지금~?

언니 : 아냐. 아냐, 잠깐만. 멀리서 또 온다.

몇 번의 가다 서기를 반복한 후 우리는 많은 시간이 걸리더라도 차가 아예 없을 때 안전하게 천천히 후진하기로 했다.

아리 : 지나가는 차들이 우리 보면 바보라 생각하겠지?

언니 : 초보 때는 다 그래. 여기 나도 모르겠는데? 그런데 창피함은 감출 수 없다. 하하.

그때였다. 뒤에서 오던 차가 멈춘다.

아리 : 기다려 주시는 건가? 어…. 후진해도 되는 건가?

뒤차가 기다려 주는 것이 정말 감사한 배려지만 초보 운전자의 입장에서는 시선이 쏠리는 것이 여간 부담스럽고 무서운 게 아니다. 민폐를 끼칠 수 없다. 기다렸다 차가 없으면 가야지…. 마음먹은 찰나, **빵!**

으윽. 지나가라는 경적이다. 창문을 내리고 감사하다고 말했다. 후진한 뒤 첫 번째 입구(사실은 출구였던)를 빠져나와 두 번째 입구로 들어간다. 이번에는 주차 차단기가 열린다!

아리, 언니 : 입구다!!! 오예!!!
우리는 환호성을 질렀다. 주차장 들어오는 게 이게 뭐라고 나에게는 그리도 어려운 것인지. 주차장에 차를 주차하고 난 뒤 서로의 얼굴을 보자 민망함이 올라왔다. 카페에 올라가자 진하고 그윽한 커피 향기가 무슨 일이 있었냐는 듯 조금 전의 긴장감을 녹여주었다.

그래도 무사히 안전하게 우리의 목표였던 바다에 왔고, 나는 지금 언니와 함께 아름다운 바다를 보며 커피를 즐기고 있다. 바람이 부는 소리와 파도 소리가 서로 어우러진다. 차가운 바다 물결 위에서 따뜻한 커피 한잔을 마신다. 언니와 나는 따사로운 햇살을 받으며 미소 짓는다.

운전을 시작하게 되니 소중한 사람들에게 좋은 시간을 선물할 수 있어 행복하다. 나는 분명 몇 시간 뒤 집으로 향할 때 또다시 긴장하겠지만, 행복한 언니의 얼굴을 보니 운전을 시작한 걸 정말 잘했다는 생각이 든다.

'해가 지면 캄캄해서 운전할 때 힘들 텐데⋯.'라는 고민도 잠시 해가 서서히 지고 있는 바다 위로, 황금빛으로 물든 노을이 하늘을 가득 채웠다. 그 영롱한 아름다움에 마치 그 속으로 빠져드는 듯한 기분이 들었다. 노을은 멈추지 않고 서서히 사라지면서, 우리의 마음속에 아름다운 추억을 남겼다.

운전 6달 차의 소감

저는 현재 도로에서 인생을 배워 가는 중입니다.

운전 첫날의 떨림을 회상하면 입가에 미소가 지어집니다. 지난 6개월을 생각하면 지금이야 웃으며 말할 수 있지만, 당시엔 꽤 힘들었던 기억이었어요. 그럴 때마다 듣는 질문이 있습니다.

"언제쯤부터 운전이 편해졌어요?"

6개월이 지난 지금 저는 운전과 조금 친해진 것 같습니다. 영원히 친해질 수 없을 것 같던 운전이 이제는 '편하다'라고 말할 수는 없지만 '친해졌다'라고 말할 수는 있습니다. 저는 점차 경험을 쌓아나가며 도로상의 다양한 상황에 대처할 수 있는 능력을 기르게 되었고, 드디어 운전이 자연스러운 일상생활이 되었습니다.

하지만 도로 위에서 벌어지는 상황들을 예측하기란 쉽지 않았어요. 특히 앞 차가 갑자기 급정거하거나 옆 차선 차량이 예고 없이 끼어들기라도 하면 식은땀이 났어요. 그럴 때마다 나도 모르게 욕이 튀어나오기도 했어요. '아 X발!' 이런 말들이 입 밖으로 나오는 순간 아차 싶었습니다. 아직 나는 초보 운전자인데…. 말이죠. 초심을 잃기란 참 쉬운 것 같아요. 항상 겸손하게 운전해야 한다는 것을 마음에 새깁니다.

운전을 하면서 매일 느끼는 것이지만, 지금은 예전보다 안전하고 자신 있게 운전할 수 있게 된 것 같아요. 운전하면서 새로운 장소를 발견하고, 다양한 경험을 할 수 있는 재미도 느꼈고, 시야도 예전과 비교해 더 넓어졌다는 것을 깨닫습니다. 가본 적 없는 길을 지나며, 끊임없이 발전하고 성장할 수 있는 여지가 있다는 것이 운전의 매력인 것 같아요.

어쩌면 우리 인생도 비슷하지 않을까요? 아직 서툴고 부족하지만 그래도 열심히 살아가는 모습이요. 오늘도 어딘 가에서 수많은 초보 운전자들이 도로 위를 달리고 있을 거예요. 조금 느리더라도 다들 각자의 위치에서 최선을 다하고 있겠죠. 언젠가는 멋지게 성장할 날을 기대하면서요. 저 역시 도로에서 인생을 배우며 앞으로도 안전하게 운전하고, 다양한 경험을 쌓아가고자 합니다.

에필로그

어느 한 사람이 작은 씨앗 하나를 손에 들고 땅에 심었습니다.

그리고 물을 주며 씨앗이 자라기를 기다렸습니다. 첫째 날, 둘째 날, 셋째 날… 아무것도 일어나지 않았습니다. 그러나 그녀는 포기하지 않고 꾸준히 물을 주며 씨앗이 자라길 기다렸습니다. 그러던 어느 날, 작은 씨앗에서 조그마한 싹이 나타나기 시작했습니다. 그 싹은 하늘을 향해 자라면서 뿌리를 내리기 시작했습니다.

우리의 삶도 마찬가지입니다. 우리는 작은 씨앗에서부터 시작합니다. 누구든지 처음에는 초보자입니다. 처음에는 부족함과 두려움이 많습니다. 그러나 포기하지 않고 꾸준히 노력하면, 조그마한 싹처럼 우리는 한층 더 성장할 수 있습니다. 초보 운전자는 여전히 부족함과 두려움에 시달릴 수 있습니다. 그러나 그것을 극복하기 위해 노력하며, 끊임없이 발전하고자 하는 마음가짐이 중요합니다. 운전도 인생과 마찬가지로 두려움을 극복하면, 한층 더 성장할 기회가 되기도 합니다.

저는 운전을 굉장히 두려워하고, 피하고 싶었지만, 경험과 노력을 통해 극복해 자신감을 가지게 되었습니다. 여러 문제에 부딪히면서 저는 더욱 성숙해지고 새로운 경험을 쌓으면서 성장했습니다. 그 성장 과정에서 느끼는 운전의 재미는 더욱 큰 보상이 되었습니다. 이제는 더 이상 운전이 두렵지 않고, 오히려 즐겁고 재미있는 도전으로 바라볼 수 있게 되었습니다.

　여러분들도 언제나 자신의 두려움을 극복하며 자신의 한계를 넘어서 더 나은 운전자가 되어나가길 바랍니다. 도전하는 마음으로, 자신감을 가지고 운전에 임한다면 성장과 성취가 당신을 기다리고 있을 것입니다. 마치, 도착점에서 모든 고난과 역경이 그저 작은 기억으로 남는 것처럼, 목적지에 도달했을 때의 쾌감과 성취감은 비교할 수 없이 크고 높습니다.

　세상 모든 건 익숙해지기 마련입니다. 처음엔 뭐든지 서툴고 어색하지만, 시간이 지나면서 차츰 나아집니다. 계속해서 넘어지고 실수하면서 배워나가는 삶. 우리의 인생도 마찬가지입니다. 앞으로도 우린 수많은 시행착오를 겪을 것입니다. 그래도 괜찮습니다. 그게 당연한 거니까요.